W0288165

DU MÊME AUTEUR

Aux Éditions Gallimard

UNE LANGUE VENUE D'AILLEURS, coll. « L'Un et l'autre », 2011 (« Folio » nº 5520).

MÉLODIE : CHRONIQUE D'UNE PASSION, coll. « L'Un et l'autre », 2013 (« Folio » nº 5811).

PETIT ÉLOGE DE L'ERRANCE, 2014 (« Folio 2 € » nº 5821).

UN AMOUR DE MILLE-ANS, roman, 2017 (« Folio » nº 6223).

ÂME BRISÉE, roman, 2019. Prix des Libraires 2020 (« Folio » nº 6941).

REINE DE CŒUR, roman, 2022 (« Folio » nº 7267).

Aux Éditions Arléa

DANS LES EAUX PROFONDES, LE BAIN JAPONAIS, coll. « La Rencontre », 2018.

SUITE INOUBLIABLE

Oskar Kokoschka, *Pablo Casals I*, 1954, collection particulière

AKIRA MIZUBAYASHI

SUITE INOUBLIABLE

roman

nrf

GALLIMARD

Frontispice page 6 : © Fondation Oskar Kokoschka / Adagp, Paris, 2023. Photo © AKG-images.
Page 13 : Theodor W. Adorno, Prismes, critique de la culture et de la société, *trad. Geneviève Rochlitz © Éditions Payot & Rivages, 2003, 2018 pour la Petite Bibliothèque Payot.*

© Éditions Gallimard, 2023.

Pour Julia-Madoka

Aux ombres,
pour qu'elles reviennent,
pour qu'elles revivent,
pour qu'elles parlent.

In terra pax hominibus bonae voluntatis.
Dona nobis pacem.

À l'objection selon laquelle Bach, enfermé dans son atelier pour ainsi dire étranger à l'histoire, dans lequel entrèrent pourtant toutes les découvertes techniques de l'époque, n'aurait rien connu de l'esprit de son temps, sinon le piétisme des textes choisis pour ses œuvres religieuses, tendance antagoniste aux Lumières, il convient de répondre que le piétisme lui-même, comme toutes les formes de restauration, portait en lui les forces mêmes des Lumières auxquelles il s'opposait. Le sujet qui pense obtenir la grâce divine par la force de l'introversion, d'une « intériorité » réfléchie, a déjà quitté l'ordre dogmatique et vole de ses propres ailes : il est autonome jusque dans le choix de l'hétéronomie.

Theodor W. ADORNO,
« Bach défendu contre ses amateurs »,
Prismes, critique de la culture et société.

PROLOGUE

(1945)

Je m'appelle Hortense Schmidt. J'ai trente-six ans. Je suis luthière. J'ai mon atelier dans le quartier de l'École nationale de musique à Tokyo. Mais en raison de l'intensification des bombardements dans la région de la capitale nipponne, je me suis réfugiée, sur le conseil de Ken Mizutani, dans ce hameau de Shinano-Oïwake qui appartient à la commune de Karuizawa où un nombre assez considérable d'Occidentaux vivent « parqués », si j'ose dire, sous l'ordre des autorités gouvernementales. La proximité de cette communauté d'étrangers est un point positif pour moi, car je désire avoir des informations qui ne viennent pas du Quartier général impérial. Mais ce qui m'a décidée à m'éloigner de Tokyo pour une durée indéterminée en acceptant l'aimable proposition de Ken, c'est le désastre inqualifiable du 10 mars occasionné par les raids aériens américains. J'y ai échappé miraculeusement ; mon atelier aussi. Les Américains ont-ils eu la sagesse d'épargner le secteur d'Ueno où se concentrent musées et écoles ? Je loue ici, moyennant un loyer dérisoire symbolique, une vieille baraque dont la plus grande pièce fait office d'atelier.

Quelqu'un frappe à la porte. Je me demande qui c'est à cette heure tardive où le soleil se retire vite. Une seule lampe d'une faible lumière orange éclaire mon atelier. Quelques secondes après, j'entends : « C'est moi, Ken. » Je suis soulagée, j'ouvre la porte. « Quelle surprise de te voir à cette heure-ci ! Tu ne m'avais pas dit que tu venais ! »

Ken a vingt-cinq ans. Il est violoncelliste. Depuis qu'il est rentré de France à l'automne 1939, il me confie son instrument chaque fois qu'il a une inquiétude à son sujet. Son professeur Saïto et ses camarades en font autant. C'est parce que certainement j'ai gagné leur confiance à force de travailler sérieusement, toujours à leur écoute, mobilisant toutes les techniques que je maîtrise. « Je viens te voir pour quelque chose d'important, me dit-il d'une voix un peu tremblante. — Entre. Tu transpires… Tu es venu à pied avec ton Goffriller ? »

Il a marché environ une heure, son instrument sur le dos, pour venir de chez ses parents. Je lui demande s'il veut partager mon dîner. Il me répond honteusement : « Non. Excuse-moi, je suis bête, je n'ai pas pensé que c'était l'heure du repas… — Tu n'as pas encore mangé… Puisque je vais manger, tu ne veux pas m'accompagner ? » Il hoche la tête d'un air embarrassé. J'improvise ainsi un petit repas pour nous deux avec des œufs, quelques légumes et de minces tranches de jambon qu'un journaliste français m'a données ce matin. Nous sommes maintenant assis l'un en face de l'autre autour d'une table ronde, chacun dans un fauteuil dont le tissu est troué par endroits. Je viens d'allumer une lampe de bureau posée sur mon établi, une grande et épaisse planche de pin posée sur deux petits meubles de même hauteur. Elle éclaire nos visages. Un silence énigmatique, un peu pesant, règne dans mon atelier. Ni moi ni lui n'osons le rompre. Je suis perplexe devant l'étrange nouveauté de la situation. Je suis seule avec Ken, à cette heure de la nuit, dans mon atelier... Qu'est-ce qui se passe ? Enfin, je me décide à ouvrir la bouche. « Il n'y a pas grand-chose, mais bon appétit quand même, Ken... »

Il a la tête baissée. Il me remercie, lève la tête, me regarde une fraction de seconde. Intriguée, je ne quitte pas des yeux le visiteur du soir. Il soupire profondément, puis commence à parler d'une voix toujours tremblante comme s'il avouait une faute. « En fait, je suis venu te dire au revoir... Je dois aller au régiment. J'ai reçu le fatidique petit papier rouge d'incorporation. » Je tombe des nues parce que, d'une part, il ne m'avait jamais dit qu'une telle possibilité existait, et que d'autre part je croyais que les étudiants comme lui bénéficiaient d'un traitement préférentiel. « Tu le sais depuis quand ? — Depuis quinze jours. »

Il m'explique qu'après avoir résilié le contrat de location de sa chambre, il a envoyé ses affaires chez ses parents et qu'il est à Shinano-Oïwake depuis une semaine. Je lui demande quand il va partir. « Demain. — Ce n'est pas possible ! Demain..., c'est demain... On n'a le temps de rien faire ! — Je dois retourner à Tokyo demain. Je ne voulais pas partir sans te revoir, sans te dire au revoir... — Pourquoi tu n'es pas venu plus tôt ? — Parce que... Parce que depuis que je suis chez mes parents, je répète tous les jours, tout le temps, du matin au soir... Puisque ce ne sera plus possible de jouer à l'armée... Le temps a filé comme ça... jusqu'à aujourd'hui. Mais il s'est passé quelque chose... »

Ken pose ses baguettes à côté de son assiette presque vide, maculée de traces de jaune d'œuf. Il se met à parler des six derniers jours qui viennent de s'écouler. Il évoque ses longues heures de travail solitaire dans la petite salle sommairement insonorisée ; les moments silencieux, presque endeuillés, passés avec ses parents, les promenades matinales avec sa petite sœur Rin ; le curieux rituel de badminton et de musique qui s'est instauré entre lui et elle dans différents terrains vagues de Shinano-Oïwake, tel un lien tout à la fois invisible et indissoluble unissant la fratrie.

Enfin, il me fait part de l'événement décisif, de sa découverte inattendue sur une des planches d'un banc solitaire sous les arbres d'un terrain vague : quelques mots gravés en latin, qui témoignent d'un désir de paix. Un imperceptible soulagement s'esquisse sur le visage de Ken qui termine son récit. « Ça fait un bien immense de savoir que tu n'es pas seul, que quelqu'un sent les choses comme toi, pense comme toi… dans ce pays en proie à une folie cauchemardesque. Tu ne le sais peut-être pas, les gens croient sérieusement que si un bombardier ennemi survolait le Palais impérial, il s'écraserait au sol sous le coup de l'intervention d'une force divine… Comment en arrive-t-on là ? Je ne comprends pas. C'est effrayant, le pays est complètement gangrené par une dictature exacerbée fondée sur le culte fanatique de l'empereur. C'est pour ça que j'ai éprouvé une sorte d'encouragement bienfaisant quand j'ai découvert ces mots. Je me suis dit : Voilà un frère… »

Je lui dis que je partage le réconfort qu'il a trouvé inopinément dans les mots gravés sur le banc, le sentiment d'une solidarité d'âme qui s'est emparé de lui au moment où il les a découverts. À ce moment-là, il sort de la poche de sa veste une lettre pliée en quatre. « Je n'ai pas pu résister au désir de lui parler, de lui écrire... à cet inconnu. Cet après-midi, j'ai arrêté de répéter. Au lieu de m'entraîner, j'ai écrit cette lettre comme on lance une bouteille à la mer... C'est ce qui a renforcé mon désir de venir te voir. Je te la confie, à toi, la personne la plus chère au monde... »

Ken balbutie. Son visage rougit. La lueur orange atténue cette rougeur, mais je n'en suis pas dupe. Quelques instants plus tard, il ajoute : « Parce que je ne sais pas si je reviendrai vivant... Il y a tant de morts, Hortense, tant de morts autour de moi. C'est une véritable hécatombe. » Ses mots m'affolent. Aller à la guerre ne signifie pas nécessairement la mort. Mais il sait mieux que moi que l'espoir est démenti par la réalité. Mes mots sont faibles : « Non, ne dis pas cela, je ne veux pas que tu parles ainsi, tu reviendras, je veux que tu reviennes, il faut que tu reviennes... Il faut que ça continue... Notre vie, notre amitié. » Une forte émotion m'ébranle, me saisit la poitrine; elle m'empêche de parler comme je voudrais. Finalement, je lui demande ce que je dois faire de sa lettre. Ken me dit que c'est à moi de trouver ce qu'il convient d'en faire. « Mais dans l'immédiat, ajoute-t-il, il ne faut la montrer à personne parce que ce qui est écrit dedans, tu t'en doutes, n'est pas du tout conforme à l'air du temps. Il faut que l'époque change; que ce pays meure une fois pour renaître de ses cendres. Alors, à ce moment-là, tu n'auras plus rien à craindre. »

Je ne peux rien faire d'autre que de prendre ses mains dans les miennes. Je le regarde; il me regarde. La nuit profonde nous entoure. Une lumière étincelante émane des petites fenêtres de ma baraque, de ce modeste atelier de lutherie perdu dans le massif du mont Asama. Mais dehors comme dans mon cœur, c'est la nuit d'encre des ténèbres. Je murmure : « Il se fait tard. »

Je me vois dans le miroir accroché sur le mur au-dessus de mon établi. C'est une jeune femme transie, aux cheveux blonds mi-longs noués sur la nuque avec un ruban rouge. Elle porte des lunettes rondes.

Ken s'excuse.

« Mais non, m'écrié-je, ce n'est pas pour te faire des reproches, bien au contraire. — Excuse-moi d'être venu comme ça, sans te prévenir… et aussi tard. Depuis quelques jours, je tergiversais. Je vais la voir ou pas… Mais, quand j'ai fini cette lettre, je suis parti comme ça, impulsivement… » Il rit jaune. Je cherche à le sortir de son embarras en lui disant tout mon plaisir d'être avec lui. « Tu as bien fait de venir me voir, Ken. Tu ne peux pas t'imaginer, ça me fait très plaisir, tu sais. Je te remercie du fond du cœur de m'accorder les derniers instants de ton temps libre. Tu te rends compte ? Si tu n'étais pas venu, je ne t'aurais pas vu avant ton départ. J'aurais eu un chagrin inconsolable. Je ne l'aurais pas supporté. Mais j'aurais fini par accepter, car je ne peux pas croire que tu ne reviennes pas… » J'ai les joues enflammées. Machinalement, je lui demande s'il prendrait du thé vert avant de… les mots suivants tardent à venir à ma bouche. Sans attendre que je termine ma phrase, il me répond « oui » d'une voix vacillante. En attendant que l'eau bouille, nous reprenons chacun notre place. Naturellement, nos visages se rapprochent. Ken prend ma main timidement pour y poser

un baiser discret. J'en fais autant. C'est alors qu'il me murmure : « Je laisse donc entre tes mains ma lettre et mon violoncelle. Il m'a été prêté en 1939 pour une durée de sept ans, je dois le restituer à la fondation Lorenzetti l'année prochaine. » Je lui réponds pour le rassurer : « Je le sais, tu me l'as dit quand nous nous sommes rencontrés pour la première fois dans mon atelier. Ça a été gravé dans ma tête une fois pour toutes. Un Goffriller à Tokyo… Tu te rends compte ? Ça m'a marquée. Sois sans crainte, Ken, je m'en occuperai sans faute. Je te remercie de la confiance que tu m'accordes… » Ma voix étouffée de douleur, empreinte de tristesse, réussit à se soutenir jusqu'à la fin de la phrase. J'enlève mes lunettes. J'embrasse Ken sur la joue, puis sur les lèvres. En retour, il me prend dans ses bras. Nous restons dans cette étreinte fiévreuse et désespérée un long moment sans prononcer un mot. Je n'entends que le tic-tac du réveil posé sur un coin de mon établi.

Nous avons bu du thé.

« Il se fait tard, Ken, dis-je. Tu ne vas pas rentrer chez toi. Tu peux passer la nuit ici… » Je l'invite à aller dans ma minuscule chambre séparée de mon atelier par une simple porte. Je me déshabille dans la faible lueur propagée par une vieille lampe de chevet. J'enfile une chemise de nuit blanche. Pendant ce temps-là, Ken tourne son regard vers le mur nu. J'enlève mes lunettes, je dénoue mes cheveux, je m'allonge sur le futon ; enfin, je glisse sous l'édredon. « Viens », lui dis-je d'une petite voix. Ken ôte sa veste, sa chemise ; il quitte son pantalon. Il se retourne et me voit. « On est un peu à l'étroit, mais viens », répété-je. On dirait qu'il est extrêmement tendu. Moi aussi je le suis,

comment pourrait-il en être autrement ? Mais je suis certainement moins tendue que lui. Tremble-t-il de peur ou de plaisir ? Se demande-t-il encore s'il est raisonnable de répondre à mon invitation et de s'abandonner ainsi à son désir ? Doucement, Ken se faufile dans le futon ; il fait en sorte de ne pas effleurer mon corps. Je lui demande s'il est content de partager mon lit. Il bredouille une réponse que je n'entends pas. « Embrasse-moi, Ken. Maintenant je ne suis plus ta luthière. Celle qui s'étend devant toi, pour toi, n'est pas la gardienne de ton Goffriller. Je suis tout simplement une femme qui t'aime, une femme désireuse de s'offrir à toi, à ton amour. La nuit sera longue. » Ken me répond : « La nuit sera longue, mais ma vie sera courte. Je ne veux pas dormir cette nuit. Je ne veux pas gaspiller cette nuit longue et trop courte. Je veux la passer à te regarder, à te parler, à te caresser, à t'aimer… — Alors je ne dormirai pas, moi non plus. » Je tends mon bras nu vers la lampe de chevet pour l'éteindre. « Non, laisse la lumière… Je veux te voir, je veux graver ton image dans ma mémoire. Je veux saturer mon cerveau de l'image de ta présence. »

J'enlève ma chemise de nuit ; et je mets la main sur le slip de Ken et l'incite à l'ôter. Nos deux corps dénudés se superposent, se mêlent, s'enroulent avec fougue. Nos bouches se rencontrent. Le bras droit de Ken enveloppe ma taille et glisse sous le creux de mon dos. Sa main effleure ma hanche. À ces douces caresses, je réponds par de multiples baisers posés sur son visage et son torse. Au bout d'un temps de félicité dont je ne sentais plus l'écoulement, je l'accueille en moi. Malgré notre volonté de résister au sommeil, nous y succombons finalement.

Mais à l'aube, au moment où la nuit commence à bleuir, nous nous livrons une nouvelle fois à nos ébats comme si nous voulions empêcher la nuit de nous quitter, comme si nous désirions demeurer au bord de la nuit tendre afin d'éviter d'affronter la violence du jour. Avant que la nuit ne se dissipe complètement, Ken me prend dans ses bras, me couvre de baisers. À la fin, il me pénètre dans un excès de plaisir partagé.

Nous nous endormons de nouveau.

À sept heures du matin, la lumière éclatante entre par la petite fenêtre de ma chambre. Elle se projette sur le futon où s'allongent nos deux corps entrelacés, échauffés, épuisés, se désirant encore au-delà de la fatigue dans leur rêve commun.

Nous prenons le petit déjeuner ensemble, avec une tartine de pain et du café seulement. Nous parlons peu, nous soupirons beaucoup. Tout à coup, une idée oubliée me revient à l'esprit. « Ken, avant de partir, pourrais-tu jouer pour moi la première Suite *de Bach, ne serait-ce que le début ? Tu m'avais invitée au concert que tu as donné avec tes amis dans une librairie de Hongo, mais je n'ai pas pu y aller, affolée par le désastre des bombardements du 10 mars… J'ai manqué cette occasion précieuse. C'est vraiment dommage. C'est pourquoi j'aimerais t'entendre jouer ici ce que tu as joué ce jour-là… Je voudrais graver une fois pour toutes dans ma mémoire la sonorité que tu tires de ton Goffriller. Ça m'aiderait… — Volontiers, me répond radieusement Ken. Quel bonheur de pouvoir jouer devant toi seule ! Tu as bien fait de ne pas venir au concert ! Si tu étais venue, tu n'aurais pas eu cette* idée ! » Une joie, une vraie, illumine le visage de Ken. Immédiatement, il sort de l'étui noir son instrument dont la couleur rouge cerise sombre brille de tout son éclat dans la transparente luminosité matinale de l'atelier. Ken déclare quelque peu cérémonieusement : « Hortense, je t'offre en toute modestie ce "Prélude" de la première Suite pour violoncelle seul de Jean-Sébastien Bach. » Je réponds du tac au tac : « N'est-ce pas notre mariage aujourd'hui ? C'est Bach qui est témoin. C'est merveilleux, tu ne crois pas ? » Ken me lance un sourire complice.

Il se met en position, ferme les yeux quelques secondes. Une musique profonde, tout intérieure, émerge du silence de mon atelier. Elle résonne, par le déploiement de sons graves d'un rythme lent, imperceptiblement mouvant, voire changeant, comme la voix grave d'un moine prononçant une longue et intense prière sans paroles, secouée quelquefois par une émotion forte qui monte des profondeurs de son cœur. Je suis bouleversée par la somptuosité des sons amples émanant des quatre cordes en catgut, élargissant le petit espace de mon atelier comme si, tout à coup, il se transformait magiquement en celui d'une église romane telle que celle de Saint-Martin-de-Londres dans l'Hérault dont jadis, lors d'un voyage dans le Midi, j'ai découvert avec émerveillement la remarquable qualité acoustique. Je suis étonnée par l'exceptionnelle lenteur de l'exécution, beaucoup plus lente que toutes celles entendues jusqu'à présent, à commencer par celle de celui qui a fait connaître aux violoncellistes du monde entier ce monument de la musique occidentale : Pablo Casals. Celui-ci a enregistré la première Suite en juin 1938 à Paris. Je possède cet enregistrement que j'écoute religieusement *de temps à autre. Sachant que Casals a découvert la partition des* Suites *en 1890 à l'âge de quatorze ans et qu'il les a travaillées douze années durant avant de les jouer en public pour la première fois, je ne peux pas m'empêcher de superposer l'image du célèbre violoncelliste catalan à celle de mon jeune amant extraordinairement mature. Ken, qui interprète la première* Suite *devant moi, a vingt-cinq ans, comme Casals lorsque celui-ci l'a jouée probablement en 1901 à Paris, à Barcelone ou ailleurs. Ken, au plus fort de l'émotion suscitée par sa propre interprétation, est dans un état d'extase. Le violoncelle du luthier vénitien Matteo Goffriller l'emmène rejoindre un ailleurs lointain, à des hauteurs vertigineuses au-dessus du territoire nippon où, dit-il, la raison et la conscience subissent une torture permanente infligée par un fanatisme exacerbé. Ken est un aigle qui déploie ses ailes pour planer en toute liberté dans le firmament des sentiments humains, pour parcourir toute l'étendue des émotions mises en résonance par le foisonnement des notes de Bach.*

Le « Prélude », s'accélérant, touche à sa fin. Lorsque l'archet se détache de l'instrument après avoir appuyé sur la quatrième corde, un silence frémissant revient. Tout à l'heure, Ken m'a parlé seulement du « Prélude », mais maintenant, emporté par la douce puissance du torrent musical, il poursuit son exploration de la première Suite *après une pause d'à peine quelques secondes. Vingt minutes d'éblouissement qui me ramènent à mes années d'apprentissage dans diverses villes européennes inondées de musique de chambre. Je me sens devenir un point minuscule dans l'immensité d'une cathédrale semblable à Notre-Dame de Paris où, il y a longtemps, luthière en herbe, j'ai éprouvé cette même sensation étrange lors d'un concert d'orgue, un samedi matin. Ken arrive, déjà, à la fin de la « Gigue ». Les yeux fermés, la tête penchée, je suis une pure oreille. Il ralentit, il fait vibrer la corde de sol. Je relève la tête. Il m'envoie un ineffable sourire d'enchantement et de tendresse. Je lui réponds en lui envoyant un regard d'admiration. « Je n'ai pas de mot devant une telle beauté, Ken. » Il me remercie en disant qu'il est si heureux d'avoir joué pour moi ce trésor de l'humanité. « Je te confie mon Goffriller. Je ne m'inquiète plus, Hortense. Maintenant, il faut que je parte. » Je l'embrasse sur la joue, sur les lèvres, longuement. Au bout de quelques dizaines de secondes qui me paraissent comme le temps suspendu d'un songe, je le relâche. Il me remercie d'un air timide pour la nuit d'amour inoubliable. Et il poursuit : « Quand on m'a prêté ce Goffriller, on m'a dit qu'il avait un surnom. » Il sort de la poche de sa veste un calepin. Il déchire une page vierge et écrit puis me tend le petit morceau de papier. Je regarde les mots tracés sur la page arrachée. Touchée au plus profond du cœur, je le prends dans mes bras et l'embrasse éperdument sur les lèvres. J'étouffe de sanglots. « Tu vois, chuchote Ken en se forçant à sourire, on dirait qu'ils savaient à qui ils allaient le prêter. »*

Ken met sa main droite sur la poignée de la porte. Lorsqu'il l'ouvre, un étrange spectacle s'offre à notre regard. Un chien shiba aux oreilles triangulaires bien dressées est assis sur son séant, tandis que trois ou quatre mètres plus loin, deux chevaux marron foncé regardent dans la direction de ma cabane. Ken fait quelques pas en avant. À ce moment-là, des oiseaux se mettent à chanter en chœur dans les feuillages des arbres qui entourent ma petite maison. Ni le chien ni les chevaux n'ont l'air de vouloir s'en aller. « Quel accueil sympathique ! » m'écrié-je machinalement. Ken me demande si je les ai déjà vus. « C'est la première fois que je les vois. C'est peut-être ta musique qui les a attirés ! — Peut-être qu'ils sont venus me donner des conseils... Le violoncelliste Goshu en a eu de la part d'un chat, d'une souris, d'un coucou, d'un tanuki, *un animal qui ressemble à un raton laveur... » Je ne comprends rien à ce qu'il dit. Voyant mon air intrigué, Ken explique : « Je pense à un merveilleux conte d'un auteur qui s'appelle Kenji Miyazawa. Il s'agit de* Goshu le violoncelliste. *C'est un drôle de prénom, Goshu... — Mais, dis-je, ça ne sonne pas du tout japonais ! — C'est vrai, c'est pas du japonais. D'ailleurs ça s'écrit en* katakana[1]. *Goshu est un violoncelliste maladroit, médiocre. Mais il fait des progrès fulgurants grâce aux conseils de ces petits animaux... Pour moi, Goshu, c'est* Gauche. *Kenji Miyazawa a prénommé son héros Goshu parce qu'il avait en tête le mot français* gauche. *Il connaissait le français... — Mais tu n'es pas un violoncelliste gauche. Ils ne sont pas venus te prodiguer des conseils, ils sont venus te dire leur admiration silencieuse ! Ça mérite une photo, ce spectacle ! » Je rentre un instant dans ma cabane. J'en ressors avec mon appareil photo pendu au cou. Les animaux n'ont pas bougé d'un iota. Je prends Ken en photo avec son public à ses côtés.*

Ken s'éloigne d'un pas lourd dans l'air frais et ensoleillé. Je me tiens debout devant la porte de ma cabane

1. Caractères utilisés pour la transcription des mots étrangers.

jusqu'à ce qu'il disparaisse complètement parmi les arbres qui ombragent le chemin étroit conduisant au bourg de Shinano-Oïwake.

Nous sommes le 3 avril 1945. Il est 8 h 46.

Ken est parti seul sans son violoncelle sur le dos.

PRÉLUDE

(1934-1945)

1

Ken Mizutani s'était familiarisé très tôt avec la musique classique. Son père, Goro Mizutani, était mélomane et considérait le quatuor à cordes comme un des sommets de l'art européen. Il aimait particulièrement le violoncelle. Son registre étendu proche de la voix humaine, la manière dont l'interprète embrasse son instrument – leur fusion quasi charnelle – lui plaisaient beaucoup. C'est ainsi que tout naturellement Goro voulut que son fils s'initiât à cet instrument dès l'âge de cinq ans.

Les progrès de Ken furent fulgurants. Un jour, deux ans après la première leçon, son professeur avoua à Goro : « Je n'ai plus rien à lui apprendre. Je vous mettrai en relation avec mon propre professeur. » Deux autres années passées, le professeur du professeur abdiqua : « Je vous présenterai au premier violoncelle solo du Nouvel orchestre symphonique de Tokyo. »

Ken alla donc prendre des leçons chez ce violoncelliste renommé dont il devint le plus jeune élève. À quatorze ans, Ken remporta le premier prix au Concours national de musique. Son maître voulut rencontrer le père de son plus brillant élève. Après les salutations d'usage, il déclara en s'adressant à Ken :

— Maintenant, je te conseille vivement d'aller en Europe pour continuer. À Paris, au Conservatoire national supérieur de musique, il y a un très grand violoncelliste qui s'appelle Maurice Maréchal. Tu iras à Paris pour prendre des leçons avec lui.

— L'Europe, c'est l'autre bout du monde, soupira Goro.

— Eh oui, c'est loin, très loin, l'Europe, mais elle vient de là, monsieur Mizutani, la musique que vous aimez... que nous aimons, que votre fils interprète merveilleusement.

— Professeur Saïto, je voudrais aller chez ce grand violoncelliste..., dit l'enfant de quatorze ans sur un ton décidé.

— Oui, tu iras à Paris. C'est la meilleure voie que tu puisses choisir... Mais tu es encore trop jeune. Tu n'as que quatorze ans. Il faut attendre au moins deux ans... Au moins. Qu'en pensez-vous, monsieur ?

— Envoyer mon fils à Paris dans deux ans, alors qu'il n'aura que seize ans !

— À seize ans, ça me paraît faisable. J'ai des amis en qui j'ai une grande confiance. Je leur parlerai de votre fils. Jusque-là, tu travailleras seul ou avec moi. Ne t'inquiète pas, je ne te laisserai pas tomber !

2

En juillet 1936, à l'âge de seize ans, Ken Mizutani prit seul un paquebot à Yokohama en direction de Marseille. Il avait sur son dos un violoncelle fabriqué par un des premiers luthiers japonais, Masakichi Suzuki, qui commençait à attirer l'attention de certains maîtres européens venus au Japon. Du haut de son mètre soixante-quinze, il dominait la plupart des voyageurs, alors que son visage n'était encore que celui d'un grand adolescent. Le voyage en bateau dura quarante-cinq jours. À Marseille, il prit le train pour Paris sans oser s'offrir une nuit d'hôtel afin de ne pas toucher, dès son premier jour sur le sol français, à la bourse que son père lui avait donnée. En arrivant dans la capitale européenne des arts, Ken put s'installer tout de suite dans un petit logement fort bien situé par rapport au Conservatoire et à l'École normale de musique, deux établissements renommés où il devait se rendre régulièrement. Il s'agissait d'une chambre d'étudiant appartenant à M. et Mme Stein, un couple d'une soixantaine d'années, qui était une vieille connaissance du professeur Saïto, son maître. Les Stein avaient mis cette chambre à la disposition du *génie absolu du violoncelle.*

Dès la première leçon, Maurice Maréchal fut stupéfait non seulement par la technique du jeune Japonais, mais encore par sa profonde compréhension des œuvres qu'il lui avait demandé de jouer : les deux *Concertos* pour violoncelle de Haydn. Évidemment, Ken ne parlait pas un mot de français, mais à l'aide de quelques notes produites par le maître, le message passait parfaitement. Ken réalisait immédiatement, sans difficulté aucune, ce que le maître voulait entendre. Maréchal lui conseilla d'aller prendre des leçons auprès de son collègue Pierre Fournier à l'École normale. Celui-ci fut à son tour éberlué par la facilité avec laquelle Ken interprétait des morceaux qui demandaient à la plupart de ses élèves un effort de titan et une patience d'ange. Il rencontra également Paul Bazelaire, professeur en titre au Conservatoire. Sa réaction fut tout à fait semblable à celle des deux précédents musiciens remarquables. Ce qui manquait à Ken, ce n'était pas tant la pratique que la théorie. Maréchal lui conseilla donc de suivre le cours d'harmonie et d'orchestration; celui de composition aussi. Il insista par ailleurs sur l'importance de la musique de chambre. Ken devait donc s'initier entre autres à l'écriture du quatuor à cordes de Haydn à Beethoven en passant bien entendu par Mozart. Enfin, Maurice Maréchal lui recommanda vivement d'assister aussi souvent que possible aux récitals et aux concerts donnés par les grands musiciens tels qu'Alfred Cortot, Jacques Thibaud, Pablo Casals, Clara Haskil...

Ainsi trois années parisiennes passèrent-elles, trois années solitaires, denses, foisonnantes. Jouissant du bonheur de recevoir l'enseignement de ses maîtres, nourri de la pratique quotidienne de la musique de chambre avec des camarades de haut niveau, dont certains venaient de loin comme lui, profitant aussi de toute la richesse culturelle – musicale, littéraire, théâtrale, cinématographique – de la capitale, Ken avait grandi. S'étant investi par ailleurs dans l'apprentissage de la langue française, il était arrivé à un niveau de maîtrise qui lui permettait désormais de jouir de la conversation avec des amis et de la lecture de grands classiques de la littérature. Il dévora par exemple *Le Rouge et le Noir*. Pendant trois semaines entières, la soirée se terminait systématiquement par une plongée dans l'univers stendhalien.

Parmi les amis qu'il s'était faits au Conservatoire et à l'École normale de musique, il y avait deux Japonais : une violoniste nommée Kyoko Suzuki, brillante élève de Boris Kamensky, et un altiste qui s'appelait Jun Mizukami travaillant sous la direction de Maurice Vieux. Ils formaient avec quelques autres jeunes musiciens un joyeux cercle d'amis qu'ils appelaient d'un commun accord « La Petite Bande ». Kyoko avait amené Denise, une amie violoniste française. Jun leur présenta Vladimir, un très bon ami clarinettiste russe. Quant à Ken, il introduisit dans le groupe un camarade violoncelliste français, Emmanuel, qui avait deux ans de plus que lui. Ils se voyaient régulièrement pour faire de la musique de chambre. Ken découvrit ainsi le *Quintette à cordes* avec deux violoncelles de Schubert, les deux *Quintettes pour clarinette et cordes*, celui de Mozart et celui de Brahms. Il explora aussi avec bonheur un certain nombre de chefs-d'œuvre dans le répertoire du quatuor à cordes.

3

Un jour de février 1939, au moment où Ken semblait avoir atteint un niveau de perfection inégalable dans l'art du violoncelle, Maurice Maréchal lui demanda s'il ne voulait pas tenter le Concours international de Lausanne qui allait avoir lieu trois mois plus tard. Ken accepta sans aucune hésitation la proposition de son maître. Après tout, rien de ce qui relevait de la musique n'était extérieur à lui ; tout était expérience. Il avait accueilli jusque-là tout ce qui lui arrivait de nouveau dans ce pays étranger, à l'instar d'un nouveau-né qui découvre le monde, en s'y adaptant souvent, en s'y opposant parfois, en s'ouvrant toujours à lui.

Ken envoya son dossier de candidature avec une lettre de recommandation de Maurice Maréchal. Il y eut d'abord une présélection. Chaque candidat fut convoqué devant le jury composé de plusieurs violoncellistes venant de différents pays. Il devait jouer deux œuvres qui lui avaient été communiquées préalablement : le *Concerto pour violoncelle nº 2* de Haydn et la *Sonate pour violoncelle et piano nº 3* de Beethoven. À l'issue de ces auditions s'établit une liste de dix concurrents, dont Ken, accédant à la demi-finale. Celle-ci, se déroulant sur deux jours, en élimina la moitié. Restaient donc cinq jeunes violoncellistes pour la finale. Ken en faisait partie. Pour la finale, chaque violoncelliste choisit un concerto et le joua accompagné de l'Orchestre de la Suisse romande. Ken opta pour le *Concerto* d'Edward Elgar. Croyant y reconnaître la secrète révolte du compositeur britannique face à la Grande Guerre, il voulait lui rendre hommage. C'était un hommage tardif, car Elgar était décédé cinq ans auparavant. Il tenait néanmoins à le faire pour exprimer personnellement son admiration. Ken interpréta le concerto magistralement, avec une telle fougue, mais aussi avec une telle douceur qu'il subjugua tous les jurés et les auditeurs remplissant le Grand Théâtre cantonal. Ainsi le Premier prix lui fut-il décerné à l'unanimité, avec, en plus, les félicitations du jury.

« Ken Mizutani, l'incroyable interprète d'Elgar venu d'Extrême-Orient », tel fut le titre d'une chronique, avec photo à l'appui, parue dès le lendemain dans la *Gazette de Lausanne* aussi bien que dans le *Journal de Genève*. L'article brossait le portrait du vainqueur qui s'était montré habité par un souffle divin lors de son interprétation du concerto elgarien. Deux jours plus tard, on parlait dans la presse française du triomphe éclatant du jeune violoncelliste japonais à Lausanne. Le soir, à l'hôtel, Ken reçut un télégramme de son maître le félicitant *de tout son cœur*. Le dernier jour de son séjour lausannois, comme on l'avait prévenu, Ken reçut la visite d'un représentant de la fondation Lorenzetti. En qualité de lauréat du Concours international de Lausanne, en plus d'une somme d'argent conséquente, Ken se vit accorder le privilège de se servir, pendant les sept années à venir, d'un violoncelle d'une très grande valeur, fabriqué en 1712 par le luthier vénitien Matteo Goffriller. Au siège de la Fondation, Ken signa un document de plusieurs pages sur le prêt de l'instrument du XVIIIᵉ siècle selon lequel il devait le restituer avant juin 1946 au plus tard.

4

Ken rentra à Paris le Matteo Goffriller sur le dos et son premier violoncelle, le Masakichi Suzuki, à la main.

En apprenant la prouesse de Ken, les amis de La Petite Bande ne cachèrent pas leur admiration, tout en manifestant la plus vive joie. Ils mesurèrent la chance qu'ils avaient de pouvoir jouer avec Ken qui tirait de son Goffriller des sonorités riches et somptueuses. L'apparition de l'instrument de 1712 devant les jeunes musiciens de La Petite Bande produisit chez eux un effet étrange : le violoncelle du luthier vénitien exacerba leur désir d'aller le plus loin possible dans leur exploration des chefs-d'œuvre de la musique de chambre. Ils étaient heureux de se retrouver, enchantés de jouer ensemble, charmés par la force unifiante de leur amitié, fascinés par la beauté de la musique qu'ils découvraient et redécouvraient ensemble quotidiennement.

Mais ce bonheur ne dura pas longtemps.

Un jour, Kyoko entendit dire que bientôt il n'y aurait plus de paquebot assurant la ligne Marseille-Yokohama. En effet, les hostilités montaient de jour en jour en

Extrême-Orient comme en Europe. La violoniste fit part de cette nouvelle peu réjouissante à ses deux amis japonais. Ceux-ci, de leur côté, étaient très inquiets de l'évolution de la situation politique et militaire de leur pays.

Ils se réunirent tous les trois et, après une longue conversation, tiraillés entre le désir de rester à Paris et la nécessité croissante de repartir au Japon, prirent la décision de rentrer au pays ensemble. Ils réservèrent des places sur le dernier paquebot en partance pour Yokohama. Chacun dit adieu à ses amis les plus proches ; puis, ils annoncèrent à La Petite Bande leur décision douloureuse qui, nécessairement, allait mettre fin à leurs activités musicales communes.

Ken alla voir ses professeurs pour les informer de son départ. Lorsqu'il rencontra Maurice Maréchal pour la dernière fois un jour de septembre 1939, il ne put retenir ses larmes.

— La guerre, encore la guerre, toujours la guerre ! s'écria avec indignation le grand violoncelliste.

— Monsieur Maréchal, j'ai découvert la vraie musique ici, grâce à vous, grâce à mes amis musiciens. Je veux revenir après que tout cela sera fini…, dit Ken d'une voix radieuse.

— J'espère que tu reviendras. J'espère que l'humanité sera assez intelligente pour te faire revenir en Europe…, soupira son maître.

C'est alors que Maréchal raconta à Ken l'histoire du « violoncelle des tranchées », de son « Poilu », ce violoncelle de fortune que deux amis soldats, menuisiers dans la vie civile, avaient fabriqué à son intention pendant la

Grande Guerre et qu'il avait joué à l'occasion, non loin des obus et des bombes.

— Ils sont morts tous les deux… mes camarades menuisiers… en 1915…, murmura Maurice Maréchal.

5

Cette nuit-là, se blottissant dans le noir sous son édredon, Ken se pencha sur les trois années passées en France. Lui revenaient une myriade de souvenirs ineffaçables : parmi les images de Maurice Maréchal et de quelques autres maîtres parisiens se détacha celle de Pablo Casals qui l'avait accueilli chez lui à Prades et qui, à cette occasion, avait eu l'extrême gentillesse de lui donner des leçons. Casals refusait de jouer en Allemagne depuis 1933. Soutenant les républicains pendant la guerre d'Espagne qui s'était terminée par l'établissement du régime fasciste de Franco, il s'était réfugié à Prades, une petite commune française des Pyrénées-Orientales près de la frontière espagnole. Ken revoyait sur l'écran intérieur de ses paupières fermées ce maître incontesté en train de lui jouer, à la fin de sa dernière leçon, une très courte pièce d'une poignante tristesse. Il s'agissait d'une chanson catalane, *El cant dels ocells – Le Chant des oiseaux* –, dont il avait fait une petite merveille pour violoncelle.

— C'est un petit cadeau de ma part, Ken. Tu veux qu'on

le joue ensemble ? J'aimerais que ce chant se répande de violoncelle en violoncelle, de salle de concert en salle de concert, de pays en pays. L'idée que ces oiseaux iront chanter à l'autre bout du monde m'enchante...

6

Un jour de la fin septembre 1939, par un matin ensoleillé, Ken Mizutani, un violoncelle en étui sur le dos et un autre à la main, s'apprêtait à prendre, sur le quai Saint-Victor au port de Marseille, le *Hakoné-maru* qui allait le ramener à Yokohama au bout d'une quarantaine de jours de navigation. Kyoko Suzuki était là, également, avec son violon à la main. Ils avaient pris le train à Paris ensemble. Jun avait voyagé dans le même train, mais il était accompagné d'une amie française, Anna, que Ken et Kyoko avaient rencontrée une fois, lors d'un concert de La Petite Bande dans l'auditorium du Conservatoire. Kyoko et Ken étaient au courant de leurs relations amoureuses. Aussi les avaient-ils laissés seuls dans un autre compartiment tout au long du voyage. Arrivés à Marseille, ils quittèrent l'altiste et son amie. Ils ne pouvaient pas faire autrement que de souhaiter banalement bonne chance à la jeune femme qui semblait être au bord de l'abattement. Elle faisait pitié à voir. Ils prirent Jun à part et lui dirent qu'ils le retrouveraient le lendemain matin au port. Mais allaient-ils le retrouver vraiment ?

Ken et Kyoko passèrent une partie de leur dernière journée en France à se promener ensemble dans Marseille, à contempler ses spectacles de rue dans leur variété réjouissante; cependant leur conversation revenait systématiquement à leur idée fixe : la guerre et l'avenir sombre de leur pays. Ils voulurent chasser de leur esprit la peur qui les harcelait et les prenait à la gorge. Aussi décidèrent-ils de jouer ensemble. Ils s'enfermèrent dans la salle de réunion de leur hôtel. Ils choisirent le *Concerto pour violon et violoncelle* de Brahms. Ken chantait la partie de l'orchestre, quand il ne jouait pas la partition du violoncelle solo. Le soir, ils dînèrent dans une brasserie tout près de l'hôtel. Leur idée fixe revenait immanquablement les hanter.

Le jour suivant, à huit heures et quart, à l'écart de la foule des accompagnateurs, Jun et Anna étaient debout dans la douce lumière matinale du début d'automne. Un dernier coup de sirène sonna, puissant et menaçant. Jun embrassa son amie une dernière fois, puis se glissa parmi les derniers passagers en train de monter à bord. Ken et Kyoko, s'accoudant sur la rampe, observaient les deux amoureux.

— C'est très dur pour eux..., murmura Kyoko.

Enfin, Jun arriva sur le pont.

— Salut. Ça va ? dit Ken d'une voix de cigale malade.

Il remarqua une coulée de larmes sur les joues de son camarade. « Oh, la pauvre ! Elle ne le reverra pas de sitôt », se dit-il en contemplant Anna, debout comme un arbre solitaire dans un champ de maïs.

Brusquement, la jeune femme s'accroupit. Elle s'effondrait en larmes au milieu de la clameur des voix d'hommes et de femmes.

La violoniste et le violoncelliste se tenaient juste à côté de l'altiste. Le *Hakoné-maru* s'éloigna du quai Saint-Victor en poussant un hurlement de sirène. Jun lançait un regard torturé vers Anna. Ken et Kyoko, n'osant pas perturber la cérémonie d'adieu par leur présence encombrante, disparurent discrètement dans la cabine.

Lorsque les accompagnateurs sur le quai devinrent de minuscules points tremblants pour se fondre enfin complètement dans l'immense paysage méditerranéen, Jun se dirigea à son tour vers la cabine où il retrouva Ken et Kyoko en train de discuter à voix basse sur la sombre perspective des mois et des années à venir.

— Tous sur le même bateau pour aller vers la guerre…, murmura Jun avec un sourire forcé.

— Oui… mais, nous, nous allons continuer à jouer… quoi qu'il arrive, répondit Ken.

— C'est dommage qu'il n'y ait pas un autre ou une autre violoniste, fit Kyoko sur le ton d'une ironie résignée. Nous sommes un quatuor incomplet…

— Mais il y a quelques beaux trios à cordes, celui de Mozart ou celui de Schubert, par exemple… On peut essayer de les travailler… Non ? s'écria Ken en tapotant l'épaule de l'altiste effondré, supportant en silence la douleur de la séparation amoureuse.

7

Ainsi commença le voyage retour au Japon qu'ils vivaient, sans oser se l'avouer, comme une descente aux Enfers. Ils tremblaient devant un avenir vide sans perspective. Ils luttaient en silence contre leur inévitable et inavouable pessimisme en se souvenant des émotions intenses partagées avec les membres de La Petite Bande désormais dissoute, mais aussi en se projetant dans les répétitions à venir du trio constitué sur le *Hakoné-maru*.

Pendant leur absence, le pays s'était enlisé dans le bourbier d'une guerre coloniale en Chine. Il courait vers l'abîme, la catastrophe. Peut-être Ken le pressentait-il plus fortement que les deux autres. Car il avait fait sienne la conviction de son père, ancien professeur de mathématiques dans un collège, qui ne croyait pas un mot du slogan fanatique de « l'Empire divin immortel ». Il haïssait ainsi le nippocentrisme qui faisait de son pays le seul « État moral » et de tout le reste de la planète un « monde barbare et immoral » ; il abhorrait l'enfermement de son pays dans une étroitesse d'esprit ignorant les valeurs qui le transcendaient, un enfermement délétère qui coupait les ailes à tout élan de cosmopolitisme.

Pendant le long voyage, les jeunes musiciens japonais étudièrent ensemble le *Divertimento* K. 563 de Mozart, les deux *Trios à cordes* D. 471 et D. 581 de Schubert et quelques autres pièces. Leur musique prit forme peu à peu, s'affina, s'épura, s'épanouit enfin pour aboutir à une élaboration merveilleusement sculptée. Les liens d'amitié s'affermirent au fur et à mesure de leur engagement dans le travail commun. Ils s'abîmèrent dans leur performance musicale et oublièrent les tumultes du monde. À mesure que le paquebot se rapprochait de l'archipel, chacun se disait en son for intérieur : « C'est dommage que le voyage touche à sa fin ! » Lorsqu'ils arrivèrent à Yokohama, ils eurent du mal à se quitter.

— Nous reverrons-nous bientôt ? demanda Kyoko à ses amis.

— Je voudrais bien, répondit Jun.

— Oui, bien sûr. Restons en contact. Nous continuerons à travailler ensemble ! lança Ken sur un ton déterminé.

8

Les années de guerre s'écoulaient.

Les trois amis vivaient à trois endroits plus ou moins éloignés les uns des autres. Kyoko habitait près de Yokohama, Jun à Mitaka dans la banlieue ouest de Tokyo, tandis que Ken vivait dans une petite chambre près de l'École nationale de musique à Ueno, chambre qu'il louait chez un marchand de tissus de kimono. Ils ne se voyaient pas souvent contrairement à ce qu'ils s'étaient promis. Ils arrivaient néanmoins à se rencontrer une fois tous les trois ou quatre mois. Chaque fois qu'ils se retrouvaient dans leur école à Ueno, la joie était intense et profonde, celle de faire de la musique de chambre ensemble comme au temps de Paris. Ils aimaient tous les trois leur manière d'être ensemble dans la musique. Chacun suivait librement son inspiration tout en étant à l'écoute des autres ; chacun était attentif à soi et aux autres. Sans cela, la Musique ne venait pas à leur rencontre. Cet élan individuel et collectif leur procurait un sentiment particulier, paradoxal, celui d'être tout à la fois *seul* et *ensemble* à un niveau supérieur de la vie qui, dans la platitude des jours, ne faisait que contraindre les êtres à emprunter uniformément la voie des sujets fidèles à l'Empire divin comme un troupeau de bétail soumis aux cris et au fouet du cow-boy. Les trois musiciens ne vivaient pas, ils survivaient grâce à la musique.

Ce précieux rendez-vous musical devint difficile, voire périlleux, à partir de novembre 1944, en raison des raids aériens des bombardiers américains B-29 sur toute la région de Tokyo. Les occasions de rencontre se raréfièrent tout naturellement. Enfin, le Trio de Paris – c'est ainsi qu'ils appelaient leur groupe dérivé de La Petite Bande – fut obligé de suspendre ses activités, réduites à la portion congrue, à vrai dire, depuis son retour au Japon. Jun, appelé à l'armée en août 1944, partit en Mandchourie. Kyoko et Ken furent plongés dans un chagrin affreux. Survivrait-il à la guerre ? Reviendrait-il ? Le départ de Jun signifiait-il la mort de leur trio ?

— Mais non, il ne va pas mourir, dit Jun pour se donner du courage tout autant que pour réconforter ses camarades dans leur désir de continuer à jouer ensemble.

Il promit de leur trouver un remplaçant. C'est ainsi que Satoshi Yoshida, altiste et ami de confiance de Jun Mizukami, rejoignit le Trio de Paris.

Ken allait assez souvent à Shinano-Oïwake où ses parents vivaient modestement avec sa petite sœur Rin depuis que son père Goro avait démissionné de son poste de professeur de collège à Tokyo. En ces temps difficiles, il tenait à être auprès d'eux le plus souvent possible pour les soutenir, les réconforter. Il considérait qu'il était de son devoir de fils d'égayer autant que faire se pouvait la vie de plus en plus alourdie par l'ambiance étouffante et délétère du pays aussi bien que par la menace de la mort désormais permanente. Néanmoins, il aimait vivre dans sa chambre d'étudiant parce que de là, il pouvait se rendre aisément à son école pour s'entraîner dans une salle d'étude, en toute liberté, jusqu'à une heure tardive, sans déranger personne.

Lorsqu'il revenait à Tokyo, Ken allait voir son professeur Saïto ainsi que son assistant Takashi Honda à qui il avait été présenté par son maître. Certes, Ken avait acquis en France toute la technique moderne du violoncelle au point de se faire connaître dans le milieu musical européen, surtout après sa victoire en 1939 au Concours international de Lausanne, comme un enfant prodige venu du Pays du soleil levant, mais ce succès ne lui avait pas fait tourner la tête, bien au contraire. Loin de s'enorgueillir de son trophée, il allait humblement voir ses aînés afin d'avoir des conseils pour l'interprétation des grandes œuvres qui l'habitaient telles que, entre autres, les *Suites pour violoncelle seul* de Jean-Sébastien Bach.

À Tokyo, Ken allait voir aussi Hortense Schmidt, sa luthière. Elle s'occupait de temps à autre de son instrument pour le maintenir dans son état optimal. Pour le jeune musicien, c'était aussi l'occasion de parler le français qu'il avait fini par bien apprendre durant son séjour à Paris. Chaque fois qu'il rencontrait Hortense, chaque fois qu'il s'absorbait dans l'échange de paroles en français avec elle, il éprouvait le sentiment de combler un vide, ce sentiment de plénitude qu'il ressentait en jouant du violoncelle. Car, en lui, la musique *parlait* français depuis qu'il l'avait vécue en France. En se livrant à la conversation avec Hortense, il avait la sensation d'interpréter un duo avec sa luthière, sensation qu'il ne connaissait pas lorsqu'il s'exprimait dans sa langue maternelle.

Kyoko et Satoshi profitaient de la présence de Ken à Tokyo pour explorer ensemble le répertoire du trio à cordes. Leurs pensées s'envolaient vers Jun dont ils n'avaient pas de nouvelles depuis son enrôlement dans l'armée. Les membres du nouveau Trio de Paris, lorsqu'ils arrivaient – rarement – à se retrouver, ne faisaient que répéter du matin au soir, jusqu'à perdre la notion du temps. Ils s'encourageaient et se stimulaient de la sorte; ils s'efforçaient de résister aussi, dans leur union tout autant musicale que morale, à l'air ambiant nocif, étouffant, de plus en plus privé de discernement, de raison, à cet emballement collectif, à cette frénésie impériale généralisée, parfaitement traduite, entre autres, par le spectacle du frétillement forcené de milliers de drapeaux au disque solaire lors du départ d'une compagnie de soldats nouvellement incorporés. Ils se voyaient peu, mais, à chaque rencontre, ils se sentaient soutenus et protégés par un lien d'amitié devenu, ils en étaient persuadés tous les trois, indispensable à l'équilibre de leur psychisme. La musique les sauvait.

Un jour de février 1945, l'assistant Takashi Honda fit part à Ken, après une rencontre intense au cours de laquelle le jeune violoncelliste avait joué la première *Suite pour violoncelle seul* de Bach, d'un projet de concert confidentiel qu'il aimerait organiser, s'il était d'accord, avec l'aide d'un ami proche, professeur de droit à l'université.

— Ce que tu fais est tellement exceptionnel que j'ai envie de te présenter à certains de mes amis proches. J'aimerais beaucoup leur faire connaître ton Bach. Eux, ils savent placer l'Art au-dessus de la grandeur nationale... À l'écoute de la magnifique sonorité de ton violoncelle, ils se rendront compte à quelle hauteur se situe l'humanité telle qu'elle est recréée par cet Européen du XVIIIe siècle...

— Ce sera très stimulant pour moi, si une telle occasion m'est donnée.

— Par le temps qui court, on ne peut pas faire ça ouvertement. Ce sera un concert privé entre amis. Ça se passera dans une librairie le soir après la fermeture de la boutique.

— Est-ce que je peux amener des amis ? Ce sont deux amis musiciens sûrs... Une violoniste et un altiste. On forme un trio. Récemment, on a beaucoup répété le *Divertimento* de Mozart...

— Le *Divertimento* K. 563 ?

— Oui.

— Formidable ! Vous allez jouer ça alors ! Avant ta première *Suite*.

— Je vais leur en parler.

9

La nuit était descendue. Le ciel sans étoiles de la mi-mars se confondait avec les ruelles ténébreuses du quartier de Hongo, non loin de l'École nationale de musique. Les trois musiciens arrivèrent au lieu du rendez-vous, une librairie qui ne payait pas de mine et qui, située tout près de l'Université impériale de Tokyo, avait survécu aux bombardements dévastateurs du 10 mars. L'entrée était fermée, le rideau était tiré. Ken sonna à la porte. Un vieux monsieur vint et les fit entrer. Tous les trois furent alors saisis par une forte odeur d'encre fraîche mêlée de relents de brûlé. Ils se dirigèrent vers le fond de la librairie. Dans un coin obscur, un peu à l'écart, derrière un rideau épais vert foncé qui pendait jusqu'au sol, se trouvait une porte dérobée. Ken, selon la consigne donnée par Takashi Honda, donna trois petits coups espacés. La porte s'ouvrit ; une dame âgée, coiffée d'un foulard bleu foncé protégeant ses cheveux gris de la poussière ambiante, les introduisit. C'était une arrière-boutique encombrée de cartons de livres et d'autres objets. Mais un petit espace était dégagé avec une quinzaine de chaises au milieu, déjà occupées pour la plupart. Juste à côté de deux places vides au premier rang à gauche, destinées aux organisateurs, se tenait debout Takashi Honda, vêtu d'un costume défraîchi mais propre, parlant tout bas avec un homme d'une cinquantaine d'années aux cheveux grisonnants, pareillement costumé. Honda dirigea son regard vers Ken et ses amis qui venaient tout juste d'entrer dans l'obscure arrière-boutique transformée, le temps d'une soirée, en minuscule salle de concert. Un silence de tombe régnait malgré la présence de plus de dix personnes. Honda et l'homme aux cheveux grisonnants vinrent à la rencontre des musiciens, restés près de la porte.

Honda s'adressa à son jeune camarade violoncelliste.

— Je te présente mon ami Tatsuya Ono, le professeur de droit dont je t'ai parlé.

— Merci, monsieur, dit Ken à Ono à voix basse, pour l'organisation de cette soirée. Voici mes amis avec qui je fais de la musique de chambre. Ce soir, nous sommes heureux de jouer le *Divertimento* de Mozart que nous travaillons ensemble depuis quelque temps...

— Kyoko Suzuki. Je ne sais comment vous remercier de cette occasion si précieuse pour nous...

— Satoshi Yoshida. Très honoré de faire votre connaissance.

Ken voulut dire un mot à Ono ainsi qu'à Honda sur le Trio de Paris qu'il formait avec Kyoko et Satoshi. Il leur parla surtout de la « biographie » du Trio de Paris en évoquant l'altiste Jun Mizukami qui, en raison de son incorporation dans l'armée, avait recommandé Satoshi pour que le trio continuât d'exister contre vents et marées.

— Il paraît que Jun a été rapatrié récemment, dit Kyoko tout bas. Il serait malade…

— Ah bon ? Je ne le savais pas, fit Ken d'un air abasourdi.

— Moi non plus. Mais s'il est rentré vivant, c'est l'essentiel ! répondit l'altiste à son tour, d'une voix feutrée.

— Vous savez, intervint Tatsuya Ono, lorsque Takashi m'a parlé de la possibilité d'entendre le *Divertimento* de Mozart en plus de la *Suite* de Bach, j'ai sauté de joie. Merci beaucoup d'avoir accepté de venir égayer l'atmosphère, si souvent assombrie ces derniers temps par le bruit des B-29 qui ne nous quitte pas !

Puis le professeur de droit, en toute simplicité et même en riant franchement pour détendre l'atmosphère, fit remarquer aux jeunes musiciens que les mots formels et les attitudes distantes n'étaient pas en harmonie avec l'esprit de la soirée. Honda ajouta, de son côté, qu'ils souhaitaient que les interprètes et les auditeurs se trouvent unis par un doux lien d'amitié fraternelle…

— C'est une chose si rare à notre époque, fit Ono.

— Nous sommes tous égaux, n'est-ce pas, devant la musique que vous allez jouer, ajouta Honda d'une petite voix accompagnée d'un sourire épanoui.

À l'écoute des mots prononcés par les deux maîtres d'œuvre du concert clandestin, de ces mots si différents de ceux qu'on entendait chaque jour partout ailleurs, les trois jeunes chambristes étaient ébahis.

10

La soirée commença. Seule une ampoule nue accrochée au mur du fond resta allumée. Plongés dans la pénombre, les auditeurs formaient comme une étrange assemblée d'ombres. Ono se tourna vers les auditeurs et prit la parole. Au moment où il prononça à voix basse : « Chers amis, bonsoir », la porte dérobée s'ouvrit. Entra alors un homme d'âge mûr, moustachu, haut de taille, élégamment habillé d'un costume vert foncé. Ono lui lança un signe de connivence, tandis que l'homme à moustache lui rendit une légère courbette. Finalement, toutes les chaises étaient occupées maintenant sauf une, au premier rang à droite. Ono poursuivit toujours à petite voix :

— Quelques mots avant d'entendre nos jeunes musiciens. J'ai souvent pensé qu'en écoutant la musique de Bach, de Mozart, de Beethoven, nous pourrions nous encourager réciproquement. C'est risqué, bien sûr, dans cette sombre période, mais le désir de résister ensemble à la torture infligée à l'esprit est plus fort que la peur. Mon grand ami violoncelliste Takashi Honda m'a parlé d'un jeune collègue formidablement doué, Ken Mizutani.

Il m'a parlé de la manière dont Ken joue les *Suites pour violoncelle seul* de Bach en des termes si enthousiastes que j'ai eu l'idée de ce concert intime. Mais notre chance ne s'arrête pas là puisque Ken nous présente ce soir ses deux merveilleux amis musiciens. Ils vont jouer ensemble une œuvre de Mozart. Je pense plus prudent de ne pas trop prolonger ce concert. Aussi allons-nous écouter seulement le premier mouvement du *Divertimento* K. 563 et la première *Suite* de Bach, BWV 1007. Merci de votre présence amicale et courageuse. Maintenant un mot de la part de mon ami Takashi.

L'assistant du professeur Saïto baissait la tête sans parler. Il entendait la respiration de quelques auditeurs assis tout près de lui. Au bout de quelques longues secondes de mutisme, il commença à parler tout bas :

— Merci d'être là ce soir pour écouter mon ami Ken et ses deux camarades malgré toutes sortes de difficultés propres à notre époque. Ken est encore très jeune, mais il m'époustoufle par son extraordinaire technique, par sa grande maturité malgré son jeune âge, par sa profonde connaissance de la musique occidentale et, en plus, vous le remarquerez vous-mêmes, il a un magnifique instrument du XVIIIe siècle ! Il a été élève d'un grand violoncelliste français à Paris. C'est donc un bonheur de l'avoir ce soir parmi nous, même s'il intervient dans ces conditions matérielles rudimentaires... qui ne vous donnent même pas la possibilité d'applaudir les artistes... Ce bonheur est d'autant plus grand qu'il nous présente ses deux amis, Kyoko et Satoshi, avec qui il forme un trio. Je ne souhaite qu'une chose : c'est que cette guerre, qui détruit tant de vies ici comme ailleurs, se termine le plus vite possible et que nous puissions écouter de la musique en toute tranquillité, sans avoir la moindre peur d'être accusés de traîtres à la nation.

Takashi Honda prononçait certains mots si faiblement que seuls les auditeurs du premier rang pouvaient les comprendre suffisamment.

— Voici d'abord, poursuivit Takashi en élevant légèrement la voix, le premier mouvement du *Divertimento en mi bémol majeur* K. 563 de Mozart. Cette œuvre a été composée en 1788, c'est-à-dire un an avant la Révolution française. Ça me paraît très significatif... Nous en sommes encore très loin, mais, d'après moi, c'est précisément la raison pour laquelle nous devons l'écouter et la réécouter attentivement... Encore une fois, pas d'applaudissements à la fin, s'il vous plaît...

Saluant d'un geste de main amical, Takashi Honda invita les trois musiciens à venir occuper les chaises placées face au public. Ken, Kyoko et Satoshi s'installèrent en silence. Ils accordèrent très brièvement leurs instruments. Ken se retourna vers Honda et hocha très légèrement la tête.

Le concert commença. La musique, sonore, vibrante, jaillissante, de Mozart surgit du néant pour embrasser silencieusement la communauté des ombres immobiles.

11

Le *Divertimento* de Mozart fut sublime. Tatsuya Ono fut touché jusqu'au plus profond de son être. Il se dit que le trio à cordes était une vraie conversation amicale, une discussion intellectuelle et courtoise à l'image des échanges d'idées qui se pratiquaient entre les personnes raisonnables dans les salons du siècle des Lumières européennes.

— Quand j'écoute une merveille pareille, je crois apercevoir une lueur d'espoir, dit le professeur de droit à son ami d'à côté en poussant un profond soupir.

Quant à la *Suite pour violoncelle seul n° 1 en sol majeur* de Bach interprétée par Ken Mizutani, elle plongea les auditeurs dans la révélation d'une intériorité réfléchie qui la rapprochait d'une prière, d'une méditation sur la mort que chacun d'entre eux éprouvait si proche et si probable, dans le contexte terrifiant de la guerre, comme le montraient avec trop d'évidence les bombardements du 10 mars. Chacun se demandait au fond de soi-même si le gouvernement militaire fanatisé, dans son funeste aveuglement, allait conduire réellement le pays jusqu'à une catastrophe finale dont personne ne pouvait imaginer ni la forme ni l'échéance.

Il y eut un début d'applaudissements, mais il fut aussitôt réprimé. En s'inclinant plusieurs fois devant la communauté d'ombres silencieuses, Ken jeta un regard furtif sur la seule chaise qui fût restée inoccupée du début jusqu'à la fin.

Ono et Honda se levèrent. Toutes les ombres en firent autant les unes après les autres pour féliciter le violoncelliste. Ils applaudissaient sans applaudir dans le silence le plus absolu : ils ne pouvaient résister à l'envie de faire semblant de frapper les mains l'une contre l'autre. Entraînés par l'émotion générale qui gagnait les cœurs, Kyoko et Satoshi adoptèrent à leur tour le même geste. C'était une longue et chaleureuse ovation sans cris, sans paroles, sans acclamations.

— Je n'ai jamais entendu jouer la première *Suite* avec une telle intensité, chuchota Tatsuya Ono d'une voix bouleversée.

— C'était vraiment fabuleux, Ken, renchérit Honda dont les yeux brillaient d'une discrète coulée de larmes.

— La lenteur du « Prélude » était impressionnante ! dit Tatsuya. Je ne suis pas habitué à cette lenteur... je dirais méditative. Je trouve qu'elle est tout à fait appropriée à l'air du temps que nous respirons... Qu'en penses-tu ?

— Tout à fait d'accord ! répondit Takashi. Voilà quelqu'un qui n'imite pas Casals ! Qui arrive à proposer une vision singulière, très personnelle de la *Suite*. Ken réinvente cette musique du XVIIIe siècle européen pour la faire revivre dans ce pays d'Extrême-Orient en proie au démon de la guerre et du despotisme qui bafoue les consciences...

— Merci beaucoup pour vos mots. Mais je dois dire que je suis aidé par cet instrument... absolument extraordinaire.

Un peu en retrait, Kyoko et Satoshi, remplis d'admiration, regardaient Ken en train de converser avec les deux organisateurs du concert.

— C'est le fameux Matteo Goffriller de 1712 ? demanda Tatsuya Ono.

— C'est ça.

— C'est dommage que le prêt soit limité dans le temps, fit Takashi.

— C'est bien normal... Je considère qu'un instrument comme celui-ci fait partie du patrimoine de l'humanité. Il ne faut pas en faire un bien personnel...

— Je suis d'accord avec vous, dit Tatsuya. Si un Goffriller ou un Stradivarius était livré à la logique du marché, un milliardaire s'en emparerait pour en faire un objet de spéculation. Personne ne pourrait entendre ses sonorités, à moins que ce milliardaire ne soit lui-même un excellent interprète...

Un sourire ironique se dessinait sur les lèvres du professeur de droit.

— En tout cas, ajouta Takashi, qu'est-ce qu'il est impressionnant, ce Matteo Goffriller, avec sa couleur rouge sombre qui frise le noir ! Il en impose comme... comme...

Takashi cherchait ses mots.

— Comme quoi ? le pressa son ami.

— ... comme une panthère noire, si j'ose dire !

12

Ken raccompagna ses deux amis jusqu'à la gare d'Ueno. Ceux-ci prirent leur billet de train.

— À bientôt, Ken. Je te remercie d'avoir pensé à nous, à notre trio pour cette soirée ! dit Kyoko d'une voix claire. J'en garderai un souvenir impérissable. Et j'espère que nous aurons d'autres occasions...

— Au revoir, Ken, dit l'altiste. Merci pour ce concert inoubliable.

Ken ne réagissait pas. Mais au bout de quelques secondes de silence, il leur dit à voix basse :

— La prochaine occasion ne se présentera pas de sitôt... J'ai reçu ce matin le petit papier rouge...

— Ce n'est pas vrai !... C'est arrivé chez toi, alors que tu es plus jeune que moi ! Quelle misère ! Et bientôt, ce sera moi...

— Cette fois, c'est la mort du trio pour de bon, susurra Kyoko d'une voix si fluette que ni Ken ni Satoshi ne l'entendirent.

— Ce ne sera pas facile, mais il faudra tenter de *survivre* à cette folie, murmura Ken.

Ken leur dit au revoir, esquissa un signe d'adieu en levant la main droite. Ses deux amis étaient ébranlés, privés de mots, pressentant obscurément l'inexorable et silencieuse marche du pays vers la mort. Ils étaient immobiles comme deux ombres de paysan priant dans la pénombre crépusculaire. Ils ne pouvaient rien faire d'autre que de regarder s'éloigner lentement le jeune homme portant sur le dos son violoncelle dont l'étui, reflétant la pâle lumière d'un réverbère, remuait mollement comme un malade chancelant.

Enfin, il disparut dans les ténèbres.

ALLEMANDE

(1945)

13

Ryo Kanda avait fait des études de médecine à l'Université impériale de Tokyo. Sa curiosité intellectuelle s'étendant bien au-delà de la science médicale, il avait suivi à la faculté des lettres des cours de latin et grec, de français, d'allemand, d'histoire de la philosophie occidentale ; à la faculté des sciences économiques un cours d'histoire de la pensée économique ; et enfin à la faculté de droit un cours de droit constitutionnel assuré par Tatsukichi Minobé. C'était bien avant l'« Affaire de la théorie constitutionnelle de l'empereur en tant qu'organe de l'État » de 1934 où Minobé, en raison de sa conception libérale de l'État considérée par les absolutistes comme relevant du crime de lèse-majesté, se vit dans l'obligation de démissionner de son poste de professeur. En 1924, à l'âge de vingt-cinq ans, Ryo Kanda était tombé amoureux d'une infirmière plus âgée que lui de trois ans. Il l'épousa et eut un fils un an plus tard. Poussé par la nécessité de subvenir aux besoins de sa petite famille, il se dépêcha de terminer ses études de médecine et il devint médecin en 1928. Se désintéressant de toute sorte de promotion sociale, attiré par l'idée de dévouement à la *chose publique*, il choisit de s'installer à Shinano-Oïwake, non loin de Matsumoto, sa ville natale, en tant que médecin de campagne. Son cabinet médical, où Ryo formait avec son épouse Naoko un duo indéfectible, était plus qu'un cabinet médical, car toute la bibliothèque, considérable, du couple était mise à la disposition des patients venus se faire soigner. Naoko remplissait la fonction de bibliothécaire : elle enregistrait les prêts et les retours. Ryo baptisa la bibliothèque « Bibliothèque de l'Espoir ». Neuf ans après la naissance de leur fils Tetsu, ils eurent une petite fille qu'ils prénommèrent Aki. Au fur et à mesure qu'Aki grandissait, la Bibliothèque de l'Espoir s'enrichissait de livres pour la jeunesse précautionneusement sélectionnés par le couple : ils écartaient les livres qui avaient pour objectif avoué ou caché la formation des enfants dociles de l'Empire divin, pratiquant de leur propre initiative la servitude volontaire. La bibliothèque de Ryo et Naoko recevait donc les enfants du village désireux de s'élever dans l'univers des fictions, bien au-dessus de leur vie de tous les jours. Aki, à onze ans, dévorait, par exemple, *Et vous, comment vivrez-vous ?* de Genzaburo Yoshino.

Tetsu se montra très doué pour les études. Pendant toute son adolescence, il fut le premier bénéficiaire de la bibliothèque tout à la fois familiale et publique du cabinet médical. En 1945, à l'âge de vingt ans, il était étudiant en philosophie à l'Université impériale de Tokyo et commençait à caresser le rêve de devenir enseignant dans une discipline littéraire, soit en anglais, soit en allemand, soit en français.

Malgré les déclarations du Quartier général impérial

usant d'expressions hyperboliques au sujet du courage des soldats de Sa Majesté Impériale, Ryo Kanda, qui disposait d'autres sources d'information grâce à quelques étrangers de Karuizawa, savait parfaitement que l'armée japonaise subissait des échecs un peu partout. En octobre 1943, manquant de soldats, le gouvernement avait supprimé le traitement préférentiel accordé jusque-là aux étudiants quant au service militaire obligatoire. En juin 44, le nord du Kyushu, l'île méridionale de l'archipel, avait été victime d'un raid aérien par des bombardiers B-29, annonciateur de bien d'autres plus meurtriers encore. Presque au même moment, la Marine impériale avait essuyé une défaite cuisante dans la mer des Philippines. En juillet 44, la conquête de Saipan par l'armée américaine avait mis tout le territoire japonais à portée d'attaques aériennes américaines. En octobre 44, la bataille du golfe de Leyte avait anéanti les forces navales nipponnes. En mars 45, la bataille d'Iwo Jima avait décimé les troupes japonaises. Enfin, le 10 mars 1945, la moitié est de la ville de Tokyo avait été embrasée par des bombardements massifs tuant plus de cent mille civils, occasionnant plus de cent cinquante mille blessés… Tout cela, pour Ryo, indiquait d'une manière évidente que le Japon courait droit à sa perte. L'Histoire semblait être un processus sans sujet, sans agent agissant. Personne n'était capable d'arrêter le cours des choses ni d'en modifier la trajectoire. Tout le pays était comme un véhicule qui roulait sans frein à une vitesse maximale. Comment la guerre se terminerait-elle ? Il l'ignorait. Il craignait seulement le pire. Le pire pour son fils, pour lui et sa femme, le pire pour la nation… Devant le vide effrayant de l'avenir, il vivait dans une peur permanente, celle de voir son fils dans l'obligation de déférer à l'appel sous les drapeaux. Il priait dans son for intérieur pour que Tetsu ne reçût pas l'ordre d'incorporation, le fameux petit papier rouge...

Or, un jour de fin février 1945, Tetsu informa son père qu'il avait reçu le fatidique papier rouge. Toute la famille sombra dans une tristesse sans fond. Apprenant la nouvelle, trois villageois, anciens patients qui avaient été sauvés par Ryo, utilisateurs occasionnels de la Bibliothèque de l'Espoir, vinrent *féliciter* le médecin et sa femme pour la *chance* que leur fils avait d'être sélectionné afin de servir la glorieuse cause de Sa Majesté Impériale. Ryo leur répondit sans détour :

— Quel père et quelle mère seraient heureux de voir leur fils partir à la guerre pour se faire tuer ? Soyons raisonnables, messieurs. Le bonheur de mourir pour Sa Majesté Impériale ? Des millions de vies ont été anéanties pour un seul homme. Ce n'est pas acceptable ni justifiable. Cela est contraire à la justice universelle. L'empereur n'est pas un dieu. Non, c'est un homme comme vous et moi. Biologiquement et médicalement parlant, ce n'est qu'un homme. Ce n'est pas une divinité surnaturelle. Il a été bébé comme vous et moi, il mourra un jour ou l'autre comme vous et moi, il mange comme vous et moi quand il a faim, il boit comme vous et moi quand il a soif, il dort comme vous et moi, il fait des rêves comme vous et moi, il tremble de froid quand il est à poil en hiver, il transpire à grosses gouttes quand il fait chaud en été, il éternue comme vous et moi, il pète comme vous et moi, il pisse comme vous et moi, il défèque comme vous et moi, il tombe malade comme vous et moi, il fait des petits en faisant l'amour comme vous et moi. Bref, il n'échappe pas à la loi de la nature. Où est la différence entre lui et vous ? Dites-moi, où est la différence ? Un système héréditaire qui privilégie une catégorie d'êtres est une absurdité contre nature. Remontez le temps et imaginez l'humanité aux origines de l'Histoire. Imaginez les hommes vivant dans l'état de nature, dans un état antérieur à l'établissement de la société ou de l'État. Vous n'y verrez que des hommes ordinaires qui se ressemblent tous au-delà de toutes sortes de différences physiques. Un système héréditaire est un système abject parce qu'il comporte en lui-même la négation des droits fondamentaux qui sont des droits naturels. Naturels, vous comprenez ? Réveillez-vous, réveillez-vous de ce cauchemar qui vous ensorcelle, et qui ensorcelle tout le monde ! Chaque vie est infiniment précieuse. La vôtre est aussi précieuse que celle du prince suprême. Pourquoi faut-il que mon fils doive mourir pour lui ?

C'était de la colère, une grande colère, une fureur rouge, incandescente, mais parfaitement raisonnée et maîtrisée qui ne visait qu'à guérir ses anciens patients qu'il jugeait à présent autrement et gravement malades. Ceux-ci restèrent abasourdis, interdits. Ils tombaient des nues. Ils ne cessaient d'osciller entre les mots de celui qui s'était dévoué pour les sauver et ce qui se disait partout, dans le village, à la radio, dans les journaux, ce qu'ils entendaient autour d'eux à longueur d'année.

14

Tetsu vida sa chambre à Tokyo. Il vint passer trois jours chez ses parents avant d'être enrôlé dans le régiment. Ryo et Naoko étaient dans un état d'égarement qui les privait de parole, tandis que leur fils lisait du matin au soir comme si rien ne pouvait l'arrêter dans son irrépressible élan de connaissance. D'abord, il dévora en un jour le *Projet de paix perpétuelle* de Kant et le *Contrat social* de Rousseau. Le deuxième jour, il commença *Les Misérables* de Victor Hugo. Il en avait lu les trois quarts à la fin du troisième jour. Il partagea un dîner plus copieux et plus élaboré que d'habitude avec ses parents et Aki. En toute innocence, celle-ci demanda à Tetsu :

— Quand est-ce que tu reviendras, *onii-chan* ?

À l'écoute de la voix de sa fille prononçant le mot qui veut dire « grand frère » sur un ton si doux et si tendre en y ajoutant le suffixe *chan* chargé d'une forte dose d'affection et de familiarité enfantines, Naoko s'effondra en pleurs.

— Bientôt, je crois. Quand la guerre sera finie, en tout cas... Excuse-moi, Aki, je n'ai pas du tout joué avec toi, cette fois... Je suis un mauvais grand frère...

— Tu te rattraperas la prochaine fois, j'espère.

Naoko, émue aux larmes, tourna le visage.

Le lendemain matin, au moment où il montait dans le train à la gare de Shinano-Oïwake, Tetsu dit à ses parents sur un ton quelque peu solennel :

— Pour tout ce que vous avez fait pour moi, je ne saurais comment vous remercier. Je vous dis au revoir. Quand toute cette bêtise sera terminée, je reviendrai..., je voudrais revenir... pour vivre ma vie, cette vie que vous m'avez donnée. Si je meurs, ce ne sera pas pour LUI. Ce sera une mort pour rien, j'aurai été assassiné par cet État qui n'en est pas un, puisque l'État, la création du peuple par le peuple uni, devrait exister pour réaliser le bonheur de ses membres... Merci encore une fois pour tout ce que vous m'avez offert... À bientôt, Aki-*chan*.

Au son de la voix si douce et si bienveillante de son fils à l'égard de sa petite sœur, Naoko fut envahie d'une poussée de larmes. Sur le quai, il n'y avait personne à part la petite famille de Ryo Kanda. Les patients du cabinet, avertis probablement par ceux qui avaient été sidérés par la véhémence des propos de leur médecin au sujet de l'enrôlement de son fils, n'avaient certainement pas osé venir à la gare. Beaucoup d'entre eux, en raison même de leur admiration pour le médecin de campagne entièrement dévoué à la cause de la santé publique, ne pouvaient pas ne pas se poser de questions sur ses mots inouïs, sur ses idées totalement dissonantes par rapport à ce qu'*on* disait de la guerre, du prince suprême, des devoirs des sujets, de leur Pays divin...

La petite gare était déserte ; le train était sur le point de partir ; Ryo, qui venait de jeter un coup d'œil rapide vers le hall d'attente, remarqua la présence d'un officier de la Police militaire suivi de trois subalternes armés. Le médecin sentit qu'un regard acéré était braqué sur lui. Il chuchota à sa femme et à sa fille :

— Il y a une bande de salopards là-bas, ne tournez pas la tête du côté du guichet…

Le train démarra lentement. La petite famille, comme abandonnée du ciel et de la terre, demeurait muette dans une immobilité de cariatide sur le quai de Shinano-Oïwake qui ressemblait à une allée de cimetière déserte. La tête et le bras du fils, qui sortaient de la fenêtre, disparurent bientôt dans la fumée crachée par la locomotive noire.

15

Trois semaines plus tard, un agent de la mairie d'une cinquantaine d'années vint apporter à M. et Mme Kanda l'annonce de décès de leur fils Tetsu Kanda. Un bateau de marchandises, faute de bâtiment de guerre, transportant dans la mer de Chine orientale des centaines de soldats nouvellement incorporés, avait coulé, attaqué par un sous-marin américain. Aucun rescapé.

Naoko disparut dans la cuisine. Aki, voyant sa mère s'abandonner aux pleurs, accourut auprès d'elle et lui demanda ce qu'elle avait.

— Ton *onii-chan* est mort.

Ryo remercia l'agent qui repartait. Il s'écroula dans son fauteuil de médecin, croisa les bras sur sa poitrine, ferma les yeux. Il tremblait de tout son corps. Il supportait en silence le poids du chagrin au fond duquel il s'abîmait sans défense.

16

Ryo voulait cracher sa fureur. Il ne trouva pas d'autres moyens que celui d'écrire, sur son cahier, des mots comme des vomissures qui surgissaient du fond de sa colère bouillonnante.

Le gouvernement militaire, malgré la débâcle générale sur tous les fronts, continue à faire croire la nation entière à la victoire finale du « Pays divin » ; et les gens, stupides, vautrés dans leur soumission aveugle qui les empêche de lever les yeux vers le ciel, possédés jusqu'à la dernière cellule de leur cerveau par la prétendue essence impériale de ce pays, ne mettent point en doute les paroles descendues d'en haut. D'innombrables soldats sont tombés ; l'armée manque de combattants. D'où l'idée, par cet État militaire en délire, de procéder à l'incorporation d'étudiants d'université. Tetsu, qui n'avait que vingt ans, a péri avec toutes les jeunes recrues qui étaient sur le même bateau. Ils sont maintenant quelque part au fond de la gigantesque tombe marine du Pacifique. Je hais le fanatisme impérial, j'abhorre cet État qui a tué mon fils et tant d'autres jeunes… J'exècre les hauts dignitaires de cet État divin *qui osent dire à l'occasion de chaque cérémonie d'incorporation : « Prendre part à cette guerre sainte est la seule façon de vivre pour la cause éternelle de Sa Majesté Impériale.* »

Rongé de chagrin, tenaillé par une colère noire, Ryo Kanda ne pouvait pas se concentrer sur son travail de médecin. Il ferma exceptionnellement son cabinet. Il mit une petite pancarte sur la porte : « En deuil ». Ouvrir le journal rempli d'horreurs et de bêtises lui était insupportable. Rester assis sur les tatamis devant la table basse de forme circulaire pour manger avec sa femme et sa fille ne l'aidait pas à calmer l'orage intérieur déchaîné. D'ailleurs, il avait totalement perdu l'appétit.

Il se décida à marcher, à déambuler autour de son cabinet, ou plus loin dans le quartier. Il dit à sa femme effondrée, ressemblant à une vieille poupée du théâtre de *bunraku*, désarticulée, abandonnée :

— Je vais marcher un peu...

Naoko, dans les bras de laquelle Aki s'était réfugiée, ne remua pas un cil.

Il était quatre heures passées. Il marchait sans savoir où aller. Son but était de marcher et non d'aller quelque part. Il voulait fatiguer son corps, le forcer à entrer dans un mouvement d'oscillation régulier, capable de vider sa tête, de l'enfoncer ainsi dans un état d'hypnose prolongée. Ses jambes l'amenèrent vers un ruisseau tortueux qui s'enfonçait dans un massif d'arbustes sauvages. C'était comme un corridor menant à l'entrée d'un palais secret. Il continua sa marche. Tout à coup, un petit bois bien débroussaillé comme un terrain vague apparut devant lui. Il suivit un chemin au milieu d'arbres centenaires qui laissaient passer des rayons doux et bienfaisants. Enfin, il déboucha sur une clairière qui abritait en son milieu un banc en bois tout ce qu'il y avait de plus ordinaire. Ça faisait presque une heure qu'il était parti de chez lui. C'était un banc à dossier moussu. Ryo se demanda qui avait eu l'idée de le mettre dans ce bois si isolé, si caché des regards, et pourquoi. Était-ce pour l'admiration des fleurs de cerisier ? Il y avait en effet, à une dizaine de mètres de là, un majestueux cerisier plein de petits bourgeons qui, en s'épanouissant lentement à l'approche du printemps, allaient offrir un spectacle féerique quelques semaines plus tard. Ryo avait le sentiment étrange – un sentiment qu'il n'avait jamais éprouvé jusque-là – d'avoir franchi les limites du monde pour pénétrer dans un autre. Il s'avança vers ce lieu ombragé, faiblement éclairé par les derniers rayons de soleil du printemps précoce. Il s'assit. Là, il tomba, la tête prise entre les deux mains, dans un abîme de pensées vides. Quelques instants plus tard, il vit apparaître devant lui un jeune homme d'une inquiétante pâleur, habillé en uniforme d'étudiant aux boutons dorés, coiffé d'une casquette noire avec l'insigne de son université.

— Tetsu !

Sans manifester aucune espèce de réaction à ce cri tout à la fois effrayé et effrayant de Ryo, sans proférer un seul mot, dans un mouvement lent, d'une apesanteur lunaire, l'étudiant s'assit à côté du médecin. Ryo le regarda furtivement. Il était bien là, installé sur ce banc, mais, chose étrange, il voyait les quatre longues planches transversales du banc à travers son corps posé sur elles telle une simple plume d'oiseau ou une feuille d'érable jaunie prête à s'envoler à la moindre brise du soir. Au lieu de l'empêcher de les voir, son fils, *revenu* de loin, ressemblant à une ombre translucide, les lui faisait voir réellement, oui, ces planches en vieux bois craquelé de-ci de-là sous l'effet du poids des années. Le médecin de campagne comprit alors que son fils lui était revenu, transformé en fantôme. Tous les fantômes sont taiseux. Il ne disait rien. L'ombre bleuâtre de Tetsu était là tout simplement pour tenir compagnie à son père effondré, pour combler le vide qui s'était brutalement creusé en lui à l'annonce de sa mort apportée, dans une démarche impitoyablement prosaïque et administrative, par l'employé quinquagénaire de la mairie.

— C'est gentil de *revenir* me voir..., bégaya-t-il.

Une fraction de seconde après ces mots prononcés par Ryo, Tetsu n'était plus là. Il avait disparu en un instant comme balayé d'un coup de baguette magique.

17

Le lendemain, mû par un appel silencieux mais irrésistible, Ryo retourna dans le petit bois comme un halluciné et, sans une seconde d'hésitation, il se dirigea vers cette zone mystérieuse, ce banc solitaire près du majestueux cerisier, dans l'espoir de retrouver l'ombre de son fils. Tetsu revint. Ils passèrent un moment ensemble sans échanger un seul mot. Le jeune homme regardait le sol ou ses pieds, se penchant en avant, mettant ses coudes sur les genoux. Il disparut soudainement lorsque Ryo prononça timidement son nom. Il voulait que son fils restât auprès de lui, mais son nom à peine proféré le fit partir.

Le jour suivant aussi, le père chagriné aux yeux hagards retourna au banc solitaire du terrain vague. Tetsu réapparut encore, toujours sans paroles, toujours d'une pâleur inquiétante, toujours d'une apesanteur surréelle ; et il disparut, comme la veille, au son du nom que Ryo avait prononcé en frissonnant.

18

Ryo continua ainsi pendant six jours. Réapparition et disparition de Tetsu scandèrent la vie endeuillée du médecin de campagne qui, après deux jours de fermeture exceptionnelle, avait décidé d'arrêter ses consultations provisoirement à trois heures et demie de l'après-midi.

Or, au sixième jour, il se passa quelque chose de nouveau qui brisa la stabilité du rituel, la monotonie des gestes toujours semblables à eux-mêmes.

Le jour déclinait. Ryo ne croisait personne durant sa promenade habituelle conduisant droit au banc solitaire. Arrivé au petit bois, il s'avança parmi les arbres. Un jeune homme et une jeune femme, d'une vingtaine d'années tous les deux, étaient assis sur le banc, sans se regarder, sans se parler. Que faisaient-ils là, dans un lieu aussi isolé ? Ryo s'arrêta, attendit un moment. Le jeune homme jeta sur lui un regard furtif. Aussitôt le couple se leva et partit en silence comme pour inviter le survenant à s'asseoir à son tour. Ryo prit place ; puis tourna la tête vers les deux inconnus pour les remercier. Ils avaient disparu. Comment avaient-ils pu s'évaporer aussi rapidement ? Un petit vent soufflait ; il faisait frémir les feuilles. Bientôt l'ombre de Tetsu vint s'installer à côté de Ryo. Le corps frêle de son fils se confondait avec la pénombre créée par le cerisier qui, encore dépourvu de fleurs et de feuilles vertes, n'empêchait pas le soleil crépusculaire de pénétrer jusqu'au banc. Comme les jours précédents, Ryo voyait les planches craquelées, alors que Tetsu était assis dessus en adoptant strictement la même posture. Son corps, bien réel mais d'une légèreté aérienne, laissait la lumière opaque le traverser pour se projeter sur les planches en bois. Ryo eut alors la sensation étrange d'être accueilli dans le corps de son fils, de s'y glisser sans résistance, de s'y blottir chaudement comme un enfant sous la couette de son lit : il vit les planches du banc s'étaler devant lui à l'instar d'un grand morceau de bois plat à sculpter, horizontalement posé sur quelque chose qui ressemblait à un chevalet.

Lorsque la nuit chassa le jour, Tetsu disparut. Le médecin de campagne assis sur le banc solitaire se trouva enveloppé dans une sorte de sac de lumière orange faiblement projetée par le vieux réverbère planté à l'entrée du terrain vague.

Le lendemain, en fin d'après-midi, Ryo Kanda partit de la maison, sa boîte de ciseaux de gravure dans un baluchon de tissu noué autour de la taille. Il se servait de cet outil une fois par an pour réaliser sa carte de Nouvel An assortie de l'animal de l'année selon le cycle sino-japonais des douze animaux emblématiques. Il marchait dans un paysage tout à fait semblable à celui de la veille. Le même ciel crépusculaire, la même luminosité pâle, le même silence des arbres environnants, qui faisaient presque oublier la féroce guerre continuant à anéantir des vies, à torturer des populations, à embraser des contrées.

Ryo s'assit sur le banc. Tetsu revint aussitôt et, chose surprenante, parla à son père pour la première fois d'une voix monotone, grave, triste.

— Viens ici, dit-il, et écris sur moi ce que tu as envie de dirc. Je le garderai longtemps pour toi et pour les autres.

— Je savais que tu me dirais ça...

Ryo se faufila dans le corps translucide de son fils. Il considérait maintenant les quatre planches transversales du banc étalées devant lui comme une page blanche sur laquelle il devait inscrire des mots, des phrases. Il sortit sa boîte de ciseaux à bois. Plongé dans une sorte de fureur somnolente, il commença à graver des lettres comme un charpentier de temple d'autrefois désireux de signer son œuvre dans le coin d'un pilier central, ou à l'instar d'un obscur maçon du Moyen Âge européen qui inscrivait d'illustres noms en lettres d'or sur une table de marbre. Ryo était parti de son cabinet médical dans l'intention de tailler dans le bois simplement le nom de son fils : Tetsu... Mais, sa main droite se mit à se mouvoir toute seule, avec une liberté folle qu'il n'était pas en mesure de maîtriser.

Un ciseau à la main, protégé par l'apaisement profond du bois endormi, Ryo resta longtemps agenouillé devant le banc, à peine éclairé par la lueur orange du réverbère. Sa main bougeait continuellement. Lorsqu'elle s'arrêtait, ses yeux s'élevaient vers le ciel déjà sombre mais empreint encore des derniers reflets crépusculaires. On l'eût pris pour un homme qui priait dans le vaste silence d'une cathédrale.

19

Lorsque Ryo finit sa gravure, il se leva. Il la contempla une longue minute. Puis, il repartit.

Au moment du dîner, soudain, Aki, assise en face de son père, cria :

— Papa, tu saignes des doigts ! Qu'est-ce que tu as ! C'est plein de sang !

— Oh, c'est rien, ça. Ne t'inquiète pas, Aki-*chan*, répondit le père en suçant le pouce et l'index de sa main gauche.

— Tu n'as pas mal, papa ?

— Non, plus maintenant.

— Tu veux que j'aille chercher la boîte à pharmacie ? demanda sa femme.

Ryo hocha la tête en signe de refus, disant que ça allait s'arranger tout seul. Un air d'une sérénité confiante se dessinait sur son visage.

Cependant, à ce moment-là, le silence apaisé de la famille du médecin de campagne fut violemment brisé. La porte d'entrée s'ouvrit brutalement avec un fracas d'enfer. Avant même que Ryo ne se retournât et que la petite fille n'eût le temps de se réfugier dans les bras de sa mère, l'officier de la Police militaire, dont l'œil attentif de Ryo n'avait pas manqué de remarquer la présence plusieurs semaines auparavant à la petite gare de Shinano-Oïwake, entra dans la maison et pénétra dans la salle de séjour, salissant les tatamis avec ses bottes boueuses qu'il n'avait pas eu la délicatesse de quitter. Ses subalternes au nombre de trois en firent autant et s'empressèrent d'aller fouiller la Bibliothèque de l'Espoir pour en éliminer les livres suspects.

— Docteur, cria bruyamment l'officier, veuillez nous suivre !

— Vous ne savez pas qu'il faut se déchausser quand on entre dans une maison ?

— Pas dans la maison d'un traître à la nation.

Les yeux de la petite fille, terrassée par la voix forte et menaçante du militaire, étaient fermés, tandis que la bouche ouverte de Naoko affolée et secouée jusqu'au plus profond d'elle-même ne pouvait émettre un seul son.

— Naoko, je compte sur toi pour Aki. Je reviendrai le plus vite possible dès qu'on m'aura relâché... Tu sais bien que je n'ai rien fait de mal ni de honteux... Je suis en paix avec moi-même... Personne n'a le droit de te dicter ce qu'il faut penser, ce qu'il faut croire. Personne n'a le droit de violer l'enceinte sacrée de ta conscience. Ce qui me guide, c'est la voix de la justice universelle de l'humanité bien au-dessus des ténèbres passagères de ce pays... J'espère que tu me comprendras et que tu me pardonneras...

— Arrête tes balivernes qui ne font que multiplier tes chefs d'accusation !

Ryo disparut ainsi dans la nuit, entraîné de force par les militaires qui portaient trois sacs remplis de livres saisis.

COURANTE

(2016)

20

Un jour d'octobre en 2016, à l'Auditorium de Radio France à Paris, le violoncelliste Guillaume Walter, interprétant le *Concerto* d'Edward Elgar, impressionna le public dès le tout début du premier mouvement. L'entrée solennelle, noble, puissante de la première mesure en *mi* mineur, jouée en triple-corde et en quadruple-corde, aboutissant quatre mesures plus tard à une blanche en *fortissimo*, frappa en effet les oreilles des auditeurs qui remplissaient la salle.

Après une sorte de longue lamentation triste et sombre, on s'approchait peu à peu de la fin du premier mouvement. Progressivement, les sons de l'orchestre diminuaient en laissant murmurer seuls les violoncelles et les contrebasses, tandis que le violoncelle de Guillaume Walter dessinait en *pianissimo* une mélodie langoureuse descendant lentement jusqu'à un *do* ténébreux joué en *pizzicato*. Une seconde après, le soliste dirigea son regard vers le chef d'orchestre pour capter le signal du début du deuxième mouvement qui se jouait sans transition.

Guillaume Walter pinça les cordes d'abord en *piano*,

puis en *forte*, ensuite en *fortissimo*, et enfin en *sforzando*. Le troisième coup de *pizzicato* sonna menaçant; le quatrième, soutenu par une montée fulgurante des cordes, retentit comme une véritable détonation. À ce moment précis, Guillaume crut entendre un petit dérèglement sonore à l'intérieur de son instrument. Il fut un instant troublé, mais il fallait continuer comme si de rien n'était; le chef d'orchestre ne semblait pas avoir perçu cette infime perturbation. Il fallait qu'il poursuivît sa performance sans être dérangé par cet incident de parcours, sans rien montrer de ce qui l'inquiétait; il fallait qu'il parvînt à exprimer la paisible apparition du premier thème du deuxième mouvement, qui lui faisait penser aux mouvements joyeux d'un écureuil à l'aube d'une journée ensoleillée. Guillaume Walter se sentait enveloppé d'une épaisse couche de chaleur; il transpirait par tous les pores. Le soliste ne se remettait pas si facilement de l'agitation de cœur suscitée par le déséquilibre sonore qu'il avait perçu quelques secondes auparavant. En effet, dans les notes qui sortaient des cordes de son instrument, il captait un imperceptible changement de tonalité subrepticement introduit dans la foisonnante sonorité qu'il avait l'habitude d'entendre. Au bout d'un certain temps, néanmoins, l'interprète du *Concerto* d'Elgar parvint à se maîtriser et à se couler admirablement dans la musique guillerette et sautillante du deuxième mouvement. Durant le troisième mouvement en *adagio*, un chant élégiaque, qu'il interpréta en douceur, Guillaume Walter ne fut pas dérangé par l'instabilité des sons qu'il avait sentie aux mouvements précédents. Ou plus exactement, dans la lenteur de la musique, il parvenait plus facilement à contrôler son instrument affecté par une petite défaillance technique accidentellement survenue. Le quatrième et dernier mouvement revenu en *mi* mineur était plus problématique, mais un musicien de haut niveau comme Guillaume Walter était amplement capable de s'adapter à toute situation imprévue. La musique elgarienne vibra en effet dans sa splendeur tragique. Vers la fin, on retrouvait longuement le thème élégiaque de l'*adagio* avant d'entamer la brève coda qui reprenait majestueusement les accords en triple et quadruple-corde du début de l'œuvre. On eût dit cette fois que le soliste exprimait tout le bouillonnement de colère retenu et dissimulé dans le for intérieur du compositeur. Le concerto se terminait dans une tension extrême scandée d'une série périlleuse et impressionnante de *sforzando* ; l'art du violoncelliste resta inébranlable jusqu'aux dernières notes jouées en quadruple-corde. Lorsque les accords finals en croche suivis d'un demi-soupir et d'un soupir conclurent le concerto, Guillaume Walter se vit l'objet d'une longue et chaleureuse séquence d'applaudissements. Il remercia le chef d'orchestre ainsi que le premier violon solo. Il remercia aussi les deux violoncellistes et les deux altistes qui occupaient le premier rang de chaque pupitre. Il fut rappelé à la scène trois fois. « Qu'est-ce que je fais ? Je renonce au *bis* que j'ai préparé ?... » se demanda Guillaume Walter.

Après un moment d'hésitation, il se décida à jouer le morceau qu'il avait prévu. Il revint sur scène. Lorsqu'il s'assit sur sa chaise, les applaudissements cessèrent. Le violoncelliste éleva la voix pour annoncer le titre de l'œuvre qu'il allait jouer.

— *Le Chant des oiseaux* de Pablo Casals.

Des applaudissements éclatèrent de nouveau, tandis que l'interprète se réinstallait sur sa chaise.

Aussitôt le calme revint.

L'œuvre, d'une durée de trois minutes à peine, était d'une beauté indicible, d'une tristesse poignante ; elle était en même temps douée d'une telle force d'apaisement mystérieuse qu'elle plongea les auditeurs de l'Auditorium dans un silence absolu où tout un chacun s'entretenait avec soi-même sans passer par le truchement des mots.

Lorsque la dernière note s'envola pour s'effacer progressivement dans l'atmosphère, ce fut une apothéose.

21

Le lendemain matin, Guillaume Walter appela son luthier Jacques Maillard pour prendre rendez-vous. Il lui fit part de ce qui lui était arrivé au cours du concert. Jacques lui proposa de venir à son atelier le surlendemain.

Guillaume n'était pas allé voir Jacques depuis cinq ou six mois. Lorsqu'il fut introduit dans son vaste atelier de la rue La Boétie dans le VIIIe arrondissement, il remarqua tout de suite la présence d'une jeune femme aux cheveux châtain clair en train de travailler sur un grand établi posé contre un mur. Ce coin était séparé du reste de l'atelier par une cloison amovible en bois, à moitié ouverte, dont la partie supérieure vitrée permettait de voir ce qui s'y passait. Manifestement, la jeune femme s'attelait à la fabrication d'un alto dont on voyait l'envers de la table d'harmonie. Jacques se rapprocha d'elle et lui chuchota :

— Excuse-moi de te déranger. J'aimerais te présenter à un client…

— D'accord.

— Mon cher Guillaume, je te présente Pamina. Ça fait quatre mois qu'elle travaille ici avec moi. Elle m'aide beaucoup. Quand je partirai à la retraite, tu pourras lui confier ton instrument sans inquiétude. J'ai bientôt quatre-vingt-neuf ans. Il est grand temps que j'arrête… Tu ne crois pas ?

Le vieux luthier riait sans retenue, avec un brin d'énervement, comme s'il se moquait de lui-même. Malgré son grand âge que traduisaient ses cheveux argentés encore assez abondants et les rides qui sillonnaient son front surtout lorsqu'il se concentrait sur un travail minutieux, Jacques se tenait droit et marchait allègrement. Mais il arrivait à un âge – c'était le moins qu'on puisse dire – où il devait penser à *l'après*.

— Bonjour. Enchanté.

— Ravie de vous connaître.

— … Pamina comme la Pamina de *La Flûte enchantée* ?

— Tout à fait. Mes parents adorent cet opéra.

— C'est la première fois que je rencontre quelqu'un qui s'appelle Pamina ! C'est un prénom mozartien magnifique auquel on ne pense jamais ! Non ? dit Guillaume sur un ton joyeux et enthousiaste.

Le musicien était devenu légèrement rouge. On aurait dit qu'il était frappé et en même temps intimidé par la beauté discrète de la luthière. Il cherchait à dissimuler maladroitement sa timidité, son embarras.

— C'est vrai que c'est rare…, fit Jacques. Personnellement, je ne connais pas d'autre Pamina…

— Je m'appelle Guillaume. Je suis violoncelliste.

— Oui, ça se voit…, répondit-elle d'une voix riante et cristalline qui chatouilla doucement l'oreille de Guillaume.

Sur le visage régulier de la luthière s'esquissait un

gracieux sourire accompagné d'un regard furtif sur l'instrument de Guillaume Walter. Quant à Jacques, il alla s'asseoir sur la chaise placée devant son établi à lui, posé contre un autre mur, latéral par rapport à celui de l'espace de travail de son assistante.

— Excusez-moi, je vais retourner à mon travail, dit Pamina.

— Je vous en prie.

En regardant de dos la jeune luthière s'éloigner pour rejoindre son coin, Jacques dit à voix basse :

— Elle est jeune, mais extraordinairement douée.

Puis, retrouvant sa voix normale, il continua :

— ... Tu as donc entendu un imperceptible changement de sonorité au cours de ton concert. C'est bien ça ?

— Oui.

— Qu'est-ce que tu as joué ?

— Le *Concerto* d'Elgar.

— C'est arrivé à quel moment ?

— Au tout début du deuxième mouvement.

— Quand tu as pincé les cordes très fort... en triple-corde et en quadruple-corde...

— Exactement.

Jacques, tout en posant ses questions au jeune musicien, sortit le violoncelle de l'étui. Et il le coucha précautionneusement sur son établi. L'atelier était très clair grâce à deux grandes fenêtres qui donnaient sur la cour ; il alluma néanmoins sa lampe de bureau.

— Ah, c'est une fracture d'âme ! s'écria le luthier.

— Une fracture d'âme ?

— Oui, c'est une fracture qui s'est produite dans la zone de l'âme... C'est classique...

— C'est grave ?

— Non... Ça se répare ! On est là pour ça !

Jacques continuait à se pencher et à scruter à l'aide d'une loupe l'infime fêlure qui courait entre le chevalet et le cordier.

— Regarde, tu peux voir la fissure toi-même...

Le luthier passa la loupe au violoncelliste.

— Ah, oui...

Jacques reprit la loupe afin d'observer encore une fois la fracture d'âme. Puis il posa la loupe et releva la tête. Il lâcha en se retournant vers Guillaume :

— Il faut que tu me donnes un peu de temps. Parce que... il faut détabler le violoncelle, c'est-à-dire enlever la table d'harmonie... Le travail est extrêmement minutieux.

— Je comprends...

— Je demanderai à Pamina de s'en charger. Elle le fera mieux que moi.

— ...

À l'autre bout de l'atelier, la jeune femme crut entendre son prénom prononcé par Jacques, mais elle ne comprenait pas pourquoi elle avait été citée dans leur conversation. D'ailleurs, elle ne suivait pas ce qu'ils racontaient, loin de là ; elle se concentrait sur son alto en construction.

— Tu crois qu'il vaut mieux que je mette au courant la Fondation ?

— Oui, il vaut mieux. Tu leur diras que tu m'as confié l'instrument. Tu peux citer mon nom.

— D'accord.

— Pamina sera contente de faire ce travail...

Un silence de gêne, d'une impalpable inquiétude, plana quelques secondes.

— Ne t'en fais pas, je m'en occuperai moi aussi, évidemment ! Quel luthier pourrait rester indifférent à une merveille pareille ? s'exclama Jacques Maillard.

Cette fois, la voix forte du vieux luthier parvint jusqu'aux oreilles de Pamina.

22

Pamina était une très belle jeune femme de trente ans. Ayant pour père un marchand d'instruments de musique installé boulevard Beaumarchais à Paris, elle s'intéressa très tôt à la lutherie. À dix-sept ans, elle décida de s'engager dans cette voie. Elle alla à Mirecourt pour se former comme la plupart des Français désireux de s'initier à la facture d'instruments à cordes. À vingt et un ans, elle eut son diplôme. Mais contrairement à la plupart de ses camarades, elle ne voulut pas entrer dans un atelier français, ni à Mirecourt ni dans une autre ville. Elle opta pour un voyage à l'étranger. Son père lui conseilla d'aller étudier des instruments de grands maîtres anciens qui se trouvent dans quelques célèbres ateliers dispersés dans le monde. Profitant du réseau des relations de son père, elle alla d'abord s'établir à New York. Elle séjourna trois ans dans un atelier où elle put observer de près quelques incomparables chefs-d'œuvre d'Antonio Stradivarius et de Niccolò Amati. De New York elle passa à Londres. Dans la capitale britannique, Pamina vécut deux années en qualité d'assistante d'un maître luthier renommé, deux années durant lesquelles elle put étudier avec une minutie d'orfèvre des chefs-d'œuvre de Jean-Baptiste Vuillaume et de Nicolas Lupot ainsi que quelques instruments d'exception de l'école napolitaine. Elle admira ainsi des violoncelles fabriqués par Nicolò Gagliano. Après Londres, elle alla à Berlin, une ville prodigieuse sur le plan musical, où elle resta deux ans également auprès d'un luthier qui lui avait été présenté par celui de Londres. L'orchestre philharmonique de Berlin était passé de l'ère de Claudio Abbado à celle de Simon Rattle : elle profita d'un abonnement annuel pour assister à bien des concerts de cet orchestre qui devait sa remarquable sonorité, à la fois ample et somptueuse, à la présence de nombreux instruments de première qualité. Dans l'atelier berlinois où elle avait été accueillie par un luthier chercheur et inventif, Pamina eut l'occasion d'examiner de près quelques admirables instruments : des violoncelles de Francesco Ruggieri, un alto de Gasparo da Salò, des violons ainsi que des violoncelles de Giovanni Battista Guadagnini, violons et altos de Guarneri del Gesù, etc. Avant de revenir en France en 2016, Pamina se rendit à Crémone. Pourquoi Crémone ? Parce qu'elle voulait apprendre auprès d'un vieux luthier de renom – avant qu'il ne disparaisse – toutes les techniques, toutes les subtilités de la restauration des instruments abîmés, cassés, détruits. Et c'est dans l'atelier de ce vieux maître italien que Pamina entendit parler pour la première fois de Jacques Maillard-Rei Mizusawa, un luthier franco-japonais, *légendaire*, disait-on à Crémone, parce qu'il avait réussi à ressusciter, avec l'aide et les conseils de l'immense maître Lorenzo Zapatini, un violon de Nicolas François Vuillaume réduit en miettes. Pamina voulut en savoir davantage au sujet de ce luthier franco-japonais. On lui raconta alors qu'il était devenu luthier pour réparer le violon de son père, musicien amateur, ce fameux Nicolas François Vuillaume qui avait été impitoyablement piétiné par un militaire fanatique. L'exploit de Jacques Maillard consistait surtout, selon les dires des luthiers qu'elle fréquentait, à avoir rehaussé le violon de Nicolas François Vuillaume, au demeurant assez quelconque, au niveau des instruments des grands maîtres anciens. À Crémone, tous les luthiers savaient que ce Vuillaume-Maillard-Mizusawa était maintenant entre les mains de la violoniste japonaise Midori Yamazaki considérée aujourd'hui comme l'une des musiciennes les plus douées de sa génération.

L'admiration que portaient les luthiers crémonais à Jacques Maillard et la curiosité suscitée par le récit d'un violon ordinaire transformé par un art consommé en chef-d'œuvre poussèrent Pamina à entrer en relation avec le luthier *légendaire* de Crémone. Celui-ci répondit, avec amabilité et prévenance, à l'artisane trois fois moins âgée que lui, en lui disant qu'elle était la bienvenue et que *ses portes lui étaient ouvertes à tout moment*.

23

Pamina, un violon en étui sur le dos, frappa à la porte.

— Bonjour. Je vous attendais, Pamina. Ça ne vous ennuie pas que je vous appelle ainsi dès la première rencontre ?

— Pas du tout. Au contraire, je suis très honorée de faire votre connaissance.

— Entrez et asseyez-vous là où vous voulez. Faites comme chez vous.

— Merci, monsieur.

— Ah non, pas « monsieur ». Puisque je vous appelle Pamina, appelez-moi Jacques tout simplement.

C'est ainsi que commença une joyeuse conversation entre la luthière de trente ans et le vieux luthier devenu une légende de son vivant. Pamina sortit le violon de l'étui.

— Comme vous m'avez demandé de vous apporter quelque chose de moi... C'est mon violon le plus récent. C'est une copie d'un Guadagnini de 1753. J'ai eu l'occasion, ou plutôt la chance, de restaurer ce Guadagnini et j'en ai profité pour l'étudier à fond. D'où cette copie...

Jacques le prit entre les mains. Ses yeux, qui le scrutaient sous tous les angles à travers ses lunettes fines, brillaient comme ceux d'un fauve en train de guetter sa proie.

— Admirable... Je peux essayer ? chuchota Jacques.

— Je vous en prie.

Jacques joua quelques mesures du début de la *Chaconne* et une bonne partie de la *Gavotte en rondeau*.

— C'est un très beau travail, Pamina. Félicitations !

— Merci, monsieur. Oh pardon, merci...

La conversation se poursuivit autour de la formation de Pamina. Lorsque celle-ci eut fini d'évoquer son parcours, à brûle-pourpoint, elle osa poser une question qui la taraudait depuis longtemps, celle qui concernait le mystère du processus par lequel un violon de Nicolas François Vuillaume s'était métamorphosé en une œuvre maîtresse comparable à un Stradivarius.

— Pour être honnête, je ne sais pas moi-même comment je suis arrivé à ce résultat. C'est le fruit d'une longue recherche et de la patience opiniâtre... Vous y seriez arrivée vous aussi. Puis, il faut dire que c'était une restauration particulière dans la mesure où je n'avais gardé de l'original que très peu de choses... D'une certaine manière, c'était une fabrication... presque... En tout cas, l'aspect fabrication l'emportait nettement sur l'aspect restauration... La difficulté, c'était d'assurer la fusion et l'harmonie entre l'ancien et le neuf...

Se laissant emporter par les souvenirs liés à cette expérience de la ressuscitation du Nicolas François Vuillaume, Jacques Maillard se livra à Pamina. Il lui parla sans gêne de sa double identité, du poids du passé, de ce que, soixante-dix ans plus tard, il portait toujours, au fond de lui, du Japon sombre et meurtrier des années 40. C'est alors que Pamina avoua qu'elle était *un peu comme lui* parce que en elle vibraient des liens invisibles avec le lointain pays d'Extrême-Orient.

— J'ai un grand-père japonais que je n'ai pas connu... mon grand-père du côté paternel...

Pamina raconta alors comment elle avait été conduite à la lutherie. Son enfance se confondait avec la vision des instruments du quatuor à cordes. Car elle avait le sentiment d'avoir grandi dans le magasin de musique tenu par son père à Paris. Il y avait toutes sortes d'instruments. Mais les plus beaux pour la petite fille, qui allait et venait dans le magasin comme un louveteau qui découvre le monde en se promenant dans l'herbe, c'étaient les instruments à cordes... Voyant que Pamina s'y intéressait tant, et en particulier aux violoncelles, aussi grands qu'elle sinon plus, son père lui avait dit un jour que sa mère à lui avait été luthière. Il n'avait gardé d'elle que quelques souvenirs fragmentaires : c'était normal, il l'avait perdue dans son enfance, lorsqu'il avait à peine dix ou onze ans. La grand-mère de Pamina n'avait même pas cinquante ans à son décès. Le petit garçon avait alors été confié à ses grands-parents. Après son brevet, il avait commencé à travailler comme commis dans un magasin de musique qui vendait toutes sortes de choses, des instruments, des accessoires de musique, des partitions, des livres... Bien des années plus tard, il avait rencontré au magasin une musicienne amatrice qui jouait du piano et chantait des airs de Mozart. Il l'avait épousée lors de la création de son propre magasin. Pamina était issue de cette union.

— Votre mère aimait tellement Mozart qu'elle vous a prénommée Pamina.

— C'est ça.

— Je sens dans le choix de ce prénom tout le bonheur que vos parents souhaitaient pour vous...

— Vous avez raison. Je suis sensible à ça.

— Il y a quelque part un Tamino qui vous cherche !

La jeune visiteuse répondit à Jacques d'un sourire complice. Puis elle revint à sa grand-mère. C'était un personnage mystérieux. On ne la connaissait pas bien au demeurant. Ce qui restait d'elle, c'était trois instruments à cordes qu'elle avait fabriqués à Mirecourt, deux violons et un alto, ainsi que toute la panoplie d'outils de lutherie auxquels s'ajoutaient quelques affaires personnelles. Parmi celles-ci se trouvait une photographie en noir et blanc montrant un jeune violoncelliste d'apparence physique asiatique en train de jouer dans une pièce claire. C'était sans doute son atelier parce qu'on y voyait le bout d'un établi avec des outils. Ce violoncelliste était vraisemblablement l'homme qu'elle avait connu et aimé au Japon, à savoir le père de son père. Pour le père de Pamina, sa mère était un être lointain, dépourvu de consistance, par le fait même d'être située en dehors de sa mémoire active et vivante. Il se souvenait cependant avec la netteté d'une photographie en couleurs d'une scène de conversation particulière. Elle lui avait dit un jour – ils étaient à table en train de manger : « Ton papa était japonais, il est mort à la fin de la guerre. Mais tu es toujours avec lui parce que tu portes sa marque dans ton prénom. » Le père de Pamina, assurément, avait le physique d'un Eurasien.

— Mais il ne sait pas, reprit Pamina, ou il n'a pas cherché à savoir pourquoi dans son prénom il y a quelque chose de son père… C'est peut-être parce qu'il n'a pas gardé de bons souvenirs de son apparence japonaise…

Pamina se tut.

Un ange passa.

— Il a souffert du regard malveillant de ses camarades à l'école ? demanda Jacques d'un ton rêveur.

— Oui, je crois. On le traitait méchamment de Chinois…

— J'ai connu ça, moi aussi…

La conversation s'interrompit de nouveau.

Au bout d'un moment de silence, Pamina reprit en balbutiant :

— Ma grand-mère a donc vécu au Japon pendant quelques années. D'après le cahier dans lequel elle notait tout ce qui concernait son travail de luthière, elle avait un atelier près de l'École nationale de musique à Tokyo. Elle s'occupait des instruments à cordes des professeurs et de quelques élèves de cette école…

Jacques n'avait pas l'air d'être attentif aux mots de Pamina. Celle-ci, cependant, continuait à parler.

— Mais quelle idée…, quelle idée…, surtout à cette époque-là, de s'aventurer dans un pays aussi lointain, à l'autre bout du monde quasiment ! On ne sait pas pourquoi et comment elle a été amenée à partir si loin, après sa formation à Mirecourt…

Elle exhala un long soupir.

— Votre père est né en quelle année ? demanda Jacques d'un air interrogateur.

— En janvier 1946.

— Il est né à Tokyo ?

— Non, à Mirecourt… Il n'a jamais été à Tokyo, sauf

quand il était dans le ventre de sa mère..., lâcha tout bas Pamina en ébauchant un étincelant sourire.

— Votre grand-mère a quitté le Japon en 1945, peut-être après la fin de la guerre... Elle était enceinte à ce moment-là.

— Oui, logiquement, mon père a été conçu en mars ou en avril 45... La guerre n'était pas encore finie...

— Elle a donc continué à exercer son métier de luthière à Mirecourt ?

— Oui, et elle est morte là-bas.

Contrairement à Jacques, Pamina n'avait pas connu la guerre. Elle était si jeune. Mais elle en portait, sans le savoir, une trace indélébile, un stigmate ineffaçable, une cicatrice prête à se rouvrir à la moindre évocation des conflits meurtriers qui avaient ravagé le Japon aussi bien que les pays d'Asie et du Pacifique.

— Vous êtes un peu comme moi, effectivement... Je comprends maintenant.

D'un ton joyeux, la conversation était passée à celui d'une veillée funéraire. Près de trois heures s'étaient écoulées. Tous les deux se turent.

Un silence profond se creusa et persista. Au bout d'une longue minute, comme sorti d'une rêverie somnolente, Jacques s'écria :

— ... Mais quel homme mal élevé ! Je ne vous ai même pas proposé une tasse de thé ! Excusez-moi, voulez-vous prendre quelque chose ?

— Si vous prenez quelque chose, je vous tiendrai compagnie avec plaisir.

— Très bien. Je vais me faire du thé. Du thé vert... Vous en prendrez avec moi ?

— Volontiers.

Tandis que le regard de Pamina faisait le tour de l'atelier qui présentait là une impressionnante collection d'instruments, Jacques revint avec deux grandes tasses marron foncé de forme irrégulière posées sur un petit plateau rond laqué rouge. Il y avait aussi une soucoupe en bois sur laquelle étaient placés deux petits gâteaux sucrés tout blancs.

— Si vous voulez, prenez cette sucrerie avec. Ça accompagne très bien le thé qui est un peu amer.

— Merci. C'est joli à regarder. C'est comme une fleur…

— Maintenant, parlons de choses plus terre à terre…

Jacques but une gorgée de thé. Puis, il poursuivit :

— Ça vous intéresserait de travailler avec moi ? Vous savez, j'ai bientôt quatre-vingt-neuf ans. Il va falloir que je pense sérieusement à me retirer… Je ne vais garder que quelques clients que je connais depuis longtemps… Je cherche donc quelqu'un qui puisse faire vivre cet atelier… J'y pense depuis pas mal de temps. Et là, vous arrivez comme une fleur, comme un cadeau du ciel ! Qu'est-ce que vous en dites ?

— …

Pamina resta privée de parole devant cette offre totalement inattendue.

— Vous pouvez être logée ici, si vous le souhaitez. Il y a un grand studio indépendant de notre appartement que nous avions fait faire, ma femme et moi, pour recevoir des amis. Mais, finalement, il reste inoccupé la plupart du temps…

— Mais votre femme est d'accord ? demanda Pamina d'une petite voix, d'un air gêné.

— Elle n'est plus là… malheureusement. Je l'ai perdue il y a trois ans… déjà.

— Oh, excusez-moi. On m'avait dit que vous étiez marié avec une archetière.

— Oui, Hélène était une excellente archetière… On travaillait souvent ensemble…

À peine avait-il prononcé le mot *archetière* que Jacques sombra dans un mutisme qui le rendit absent. On eût dit qu'il avait tout à coup perdu la tête ou qu'il vivait une autre réalité, distincte de celle où se déroulait cette conversation entre lui et Pamina. Manifestement, il s'était faufilé dans un autre lieu d'un autre temps qui l'empêchait d'accorder la moindre attention à son interlocutrice.

Pour Pamina, c'était assurément un grand honneur de travailler aux côtés du luthier légendaire. Aussi accepta-t-elle avec joie d'entrer dans l'atelier de Jacques Maillard-Rei Mizusawa en qualité d'assistante-collaboratrice. Pendant trois mois, à l'instar d'une employée de bureau, Pamina vint travailler à l'atelier à neuf heures. Elle rentrait dans son minuscule appartement à dix-huit heures au plus tard. Pamina était heureuse de sa nouvelle situation. Elle en tirait une satisfaction profonde parce que, sous l'aile du vieux luthier, elle profitait constamment de tout son savoir-faire, de son art consommé.

Un soir, au moment où Pamina s'apprêtait à repartir, Jacques lui adressa la parole sur le ton familier qui était désormais le leur :

— Alors, Pamina, ça fait bientôt trois mois que tu travailles ici. Ça te plaît ? Ça se passe bien ?

— Ah oui, Jacques, ça se passe parfaitement bien. Je suis comblée…

— Alors, je réitère ma proposition. Tu peux venir occuper le studio, si tu le souhaites. Tu n'auras pas de loyer à payer.

Pamina accepta. Ce fut le début d'une étrange et fructueuse relation entre Jacques Maillard-Rei Mizusawa et Pamina Schmidt, entre un vieux luthier chevronné et une jeune luthière talentueuse, tous deux portant une blessure traumatique enfouie, engendrée par une guerre fanatique qui avait coûté la vie à plus de vingt millions de personnes en Asie.

24

Guillaume Walter était sur le point de repartir, laissant entre les mains de Jacques Maillard son instrument qui avait besoin d'être réparé et réglé. Il en portait un autre sur son dos.

— Tu peux le garder, l'utiliser pendant qu'on s'occupe du tien. Tu me diras ce que tu en penses. Je crois qu'en matière de violoncelle, c'est ce que j'ai fait de mieux sans doute dans toute ma carrière… J'ai même osé lui donner un nom.

— Ah oui ? Quel est ce nom, sans indiscrétion ?

— *Rei.*

— C'est ton prénom japonais…

C'était en effet son prénom japonais. Mais ce n'était qu'une coïncidence phonétique. En nommant son violoncelle *Rei*, Jacques avait à l'esprit non pas son prénom qui signifiait *civilité* (礼) mais l'idée de *beauté* ou de *splendeur* traduite par un idéogramme différent (麗).

— J'espère que tu ne seras pas déçu et que tu jugeras qu'il porte bien son nom… Sinon, ajouta-t-il sur un ton malicieux, Domenico Montagnana, qui m'a donné envie de le fabriquer, ne sera pas content...

Sur ces entrefaites, Pamina vint les rejoindre pour dire au revoir au violoncelliste.

— Je n'ai jamais vu un violoncelle moderne aussi parfaitement réussi. Vous serez surpris et heureux de jouer le *Rei*, je vous assure.

Après avoir salué Guillaume Walter sur le pas de la porte, Jacques s'adressa à son assistante :

— Viens voir son instrument.

Ils s'installèrent chacun dans un vieux fauteuil en cuir patiné au milieu de l'atelier spacieux. Jacques posa le violoncelle protégé dans un étui gris-blanc très solide sur la grande table basse ovale. Pamina se souvint un instant de sa première rencontre avec Jacques et du plateau laqué rouge où étaient posées deux tasses à thé marron foncé de style rustique.

— Ne sois pas surprise, dit Jacques en ouvrant l'étui.

Un violoncelle brillant d'un rouge-noir très particulier frappa les yeux de Pamina.

— Regarde.

Jacques invita sa jeune collaboratrice à jeter un coup d'œil sur le fond de l'instrument à travers son ouïe.

— Oh ! J'étais loin d'imaginer qu'il jouait sur un tel trésor, s'écria la luthière, médusée.

— Évidemment, on le lui prête. Il n'a pas les moyens de s'acheter un bijou pareil...

— Je crois que c'est totalement inaccessible ! Je sais que tout est marchandise. Mais, quand même, il y a des choses qui ne devraient pas en être... Un chef-d'œuvre comme ça par exemple, murmura Pamina.

— Je suis bien d'accord avec toi, Pamina. Mais, pour le moment, regarde, il y a une fracture d'âme, là.

— ...

Elle ne réagit pas. Elle était absente. Ses yeux étaient fixés sur le magnifique instrument du début du XVIIIe siècle qui déployait toute sa sombre splendeur; mais elle ne le regardait pas; elle voyait quelque chose d'autre qui s'entrechoquait avec la présence imposante du violoncelle. On aurait dit qu'elle cherchait à fouiller dans ses souvenirs lointains et brumeux.

— Pamina, ça va ? Qu'est-ce qui se passe ? Tu ne te sens pas bien ?... Pamina !

— ... Oh, pardon, répondit-elle enfin, revenant sur terre après avoir été dans la lune pendant quelques secondes.

— Qu'est-ce que tu as, Pamina ?

— C'est bizarre... j'ai l'impression d'avoir vu cet instrument quelque part... Mais cela n'est pas possible. J'en ai vu des violoncelles exceptionnels créés par de grands maîtres d'autrefois... Parmi eux il n'y en a pas de l'école vénitienne. En plus, et surtout, il n'y en a pas un seul de cette couleur, à ce point rouge-noir sombre... Pourtant, j'ai le sentiment d'avoir vu cet instrument-là quelque part...

— C'est étrange, en effet, fit Jacques décontenancé.

— Peut-être que je l'ai vu dans un rêve..., déclara la jeune luthière en rigolant. Peu importe. Excuse-moi, tu me disais quelque chose...

— ... Je te disais... Qu'est-ce que je te disais ?... Ah, oui, je voulais attirer ton attention là, là... Tu vois, la fracture d'âme.

— Oui, en effet.

— Ça s'est produit au cours d'un concert qu'il a donné il y a tout juste quelques jours. Il jouait le *Concerto* d'Elgar… Je te le confie. Ne te presse pas. Tu profiteras de cette occasion pour l'étudier… D'accord ?

— Mais, il pense que tu t'en occupes toi-même. Non ?

— Je lui ai dit que je te confierais ce travail. Ne t'inquiète pas.

— Dans ce cas, d'accord.

— Mais tu m'autoriseras à regarder ce que tu fais… Un chef-d'œuvre comme ça, tu peux t'en douter, ne me laisse pas indifférent…

— Bien sûr que oui. Je ne demande que ça… Je suis heureuse de faire ce travail sous ta bienveillante surveillance !

— C'est une chance que nous avons ! Ce n'est pas tous les jours qu'on détable un instrument de ce calibre !

Une joie indicible transparaissait sur le visage ridé du vieux luthier.

— Allez, une petite pause avant. On va se faire un thé.

Jacques et Pamina se dirigèrent vers le coin-cuisine situé tout au fond de l'atelier.

SARABANDE

(2016)

25

Ils prenaient le thé à leur place habituelle, dans leur fauteuil respectif, devant la table basse ovale. Pamina, un peu absente, cherchait à percer le mystère de *cet instrument qu'elle n'avait jamais vu, mais qu'elle avait quand même déjà vu quelque part.*

— Tu es bien songeuse…

— … Excuse-moi, je suis troublée par la vision de ce violoncelle presque noir… Je n'arrive pas à m'en défaire…

Elle se remémorait tous les ateliers de lutherie où elle avait travaillé; les images des instruments de grands maîtres défilaient les unes après les autres dans sa mémoire visuelle. Mais aucune ne correspondait à l'instrument qui s'offrait à son regard dans toute sa beauté noire. Néanmoins, Pamina était intimement persuadée qu'elle l'avait déjà vu.

— Pamina, ne te tourmente pas; ça te reviendra au moment où tu t'y attends le moins…

— Peut-être…

— Je te laisse travailler. Tu m'appelleras, si tu as besoin de moi. Mais tu n'auras pas besoin de moi, j'en suis persuadé…

Pamina alla à son établi; elle fit de la place en laissant de côté son alto en cours de fabrication. Puis, elle retourna à l'établi du vieux luthier; elle prit le violoncelle de Guillaume Walter par le manche et revint le poser délicatement sur sa table de travail. Elle sortit de sa boîte à outils un pinceau ainsi qu'un couteau à détabler qui ressemblait parfaitement à un petit couteau à beurre. Enfin, elle alla dans la cuisine chercher un verre rempli d'eau chaude. Elle s'assit et procéda au détablage du violoncelle de Guillaume Walter. Pour détabler un violoncelle, il faut de la patience et beaucoup de précaution. Il faut éviter à tout prix d'abîmer la table aussi bien que les éclisses assemblées en couronne. Pamina avança lentement. Elle appliquait son pinceau imbibé d'eau chaude entre la table et les éclisses afin de faire fondre la colle animale. Lorsque la colle était suffisamment liquéfiée, elle glissait doucement le couteau à détabler entre la table et les éclisses. C'était la répétition interminable de ces deux gestes : ramollir la colle à l'aide du pinceau imprégné d'eau chaude et insérer le couteau dans l'interstice pour détacher progressivement la table. Il fallut trois bonnes heures pour que Pamina arrivât au bout de cette tâche délicate et minutieuse.

La luthière enleva enfin la table d'harmonie. Un tout petit morceau de papier collé sur le fond frappa ses yeux :

Matteo Goffriller fecit
Venetijis anno 1712

« Il a fabriqué ce bijou noir il y a plus de trois cents ans », se dit-elle. Le regard de Pamina se promena à l'intérieur du violoncelle grand ouvert. Tout à coup, il fut arrêté par un détail tout à fait singulier et inhabituel : un trou important en plein milieu du tasseau du bas, tout au fond de l'instrument.

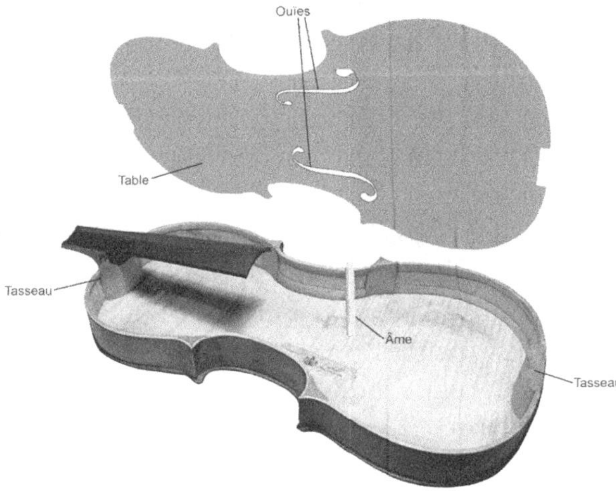

« Qu'est-ce que c'est que ça ? » se dit-elle.

Pamina se pencha pour regarder le trou de plus près. Elle dénicha d'abord une petite photo qui montrait un jeune homme en train de jouer du violoncelle. Elle y découvrit également deux feuilles de papier enroulées qu'elle retira lentement. Elle les déroula. On eût dit une lettre. Elle les enroula deux fois dans l'autre sens pour que, devenues plus ou moins plates, elles s'exposassent largement à son regard. C'était bel et bien une missive rédigée d'une écriture fine et régulière. Elle était datée du 2 avril 1945 et adressée à une personne désignée par les initiales R.K. « On a osé faire ce trou dans le tasseau pour cacher cette lettre ! » se dit-elle.

Affolée, Pamina appela Jacques.

Surpris par le ton d'urgence de la voix de la jeune luthière, Jacques accourut tout essoufflé.

— Qu'est-ce qu'il y a, ma grande ?

— Regarde, il y a un trou dans le tasseau et j'ai trouvé ça à l'intérieur !

— ...

Pamina lui tendit la lettre qui, entre-temps, s'était réenroulée sur elle-même.

— C'est du japonais ! Elle est datée du 2 avril 1945. Elle a donc été écrite il y a plus de soixante-dix ans ! Elle dormait là... dans ce trou ?... Et c'est toi qui l'as réveillée ! Il y a de fortes chances pour que celui qui a écrit cette lettre et celui ou celle à qui elle est adressée ne soient plus de ce monde...

Pamina devint pensive.

Soudain, une idée, plus rapide que l'éclair, lui traversa l'esprit. Ce fut une illumination. C'était comme si, tout à coup, un rayon de lumière vive perçait d'épaisses couches de nuages gris pour qu'elle puisse retrouver toute la clarté du monde s'étendant devant elle à perte de vue. « Oui, c'est chez papa que je l'ai vu ! s'écria Pamina dans son for intérieur. Il ne me semble pas qu'il était exposé au magasin comme les autres. C'était quelque part ailleurs... dans un autre endroit qui ne m'était pas familier... »

Immédiatement, Pamina sortit son smartphone pour téléphoner à son père. Après sept coups de sonnerie, le répondeur se mit en marche. Pamina laissa un message.

La luthière commença à examiner la fracture d'âme

sur le verso de la table d'harmonie du Goffriller. Mais quelques minutes plus tard, trop impatiente d'entrer en communication avec son père, elle lui retéléphona.

— Allô, oui, excuse-moi, répondit Léon un peu essoufflé, j'étais sur le point de t'appeler...

Pamina, contente d'entendre enfin sa voix, lui annonça qu'elle voulait le voir tout de suite, le jour même, pour une affaire urgente, qu'en prenant le TGV de 16 h 30, elle arriverait au Mans une heure après. Intrigué par cette démarche pressante et inhabituelle de sa fille, Léon lui répondit qu'il viendrait la chercher à la gare du Mans à 17 h 30.

Pamina alla voir Jacques qui, assis dans son fauteuil, lisait la mystérieuse lettre longtemps dissimulée dans le ventre du violoncelle de Matteo Goffriller. Elle lui fit part de son idée d'aller voir son père.

— Tant qu'à faire, passe quelques jours avec tes parents !

— Ah non, je reviendrai demain, la fracture d'âme m'attend !

Pamina partit en courant.

Jacques se replongea dans la lecture de la lettre.

26

Léon Schmidt, âgé de soixante-dix ans, était toujours propriétaire de son magasin de musique, mais ayant une équipe de confiance, il dirigeait et surveillait ses affaires du fond de la campagne mancelle où il s'était retiré avec sa femme Catherine depuis quelques années. Le père et sa fille étaient assis l'un à côté de l'autre sur un grand canapé d'angle. Catherine arriva avec une théière anglaise en porcelaine et trois tasses posées sur un plateau.

— Tu es donc contente de travailler dans ton nouvel atelier ?

— Oui, c'est une aubaine inespérée pour moi.

— Quelle chance en effet d'entrer dans l'atelier de Jacques Maillard ! s'exclama Léon.

— Je suis vraiment heureuse pour toi, ma chérie, dit Catherine en versant le thé dans les tasses.

Pamina était impatiente d'entrer dans le vif du sujet.

— Papa, il m'arrive quelque chose d'assez incroyable. Jacques m'a confié la réparation d'un violoncelle de Matteo Goffriller qui est prêté en ce moment à un jeune violoncelliste français…

— Ah oui ? Prendre soin d'un Goffriller, ça n'arrive pas tous les jours, ça. Qui est ce violoncelliste ?

— Il s'appelle Guillaume Walter.

— On parlait de lui sur France Musique il y a quelques jours. Si je me souviens bien, il a gagné un concours il y a quelques années…

— Figure-toi que c'est un violoncelle qui a une couleur foncée très particulière. Il est rouge cerise très sombre un peu comme certains violoncelles de Montagnana…

— Comme celui de ta grand-mère…

— Elle a fait un violoncelle ?

— Oui, ma chérie.

— Je ne savais pas que ta maman avait fait un violoncelle. Je croyais qu'elle avait fait seulement deux violons et un alto…

— Dis donc, tu as une bonne mémoire !

Selon Léon, ces trois instruments étaient en effet exposés au magasin avec une étiquette « vendu » pour ne pas les destiner à la vente précisément. Mais ce n'était pas tout : peu de temps avant sa mort, Hortense, sa mère, avait confié un violoncelle à ses parents, les grands-parents de Léon, en insistant fortement sur le fait qu'il n'était pas à vendre et qu'elle souhaitait qu'il restât dans sa famille… *Elle tenait à son violoncelle comme à la prunelle de ses yeux.* C'était l'expression que la grand-mère de Léon avait utilisée au sujet du rapport d'Hortense à son instrument. Il ne l'avait jamais oubliée. D'ailleurs, tout ce que Léon savait du violoncelle de sa mère venait de sa grand-mère. Le regard de Léon s'assombrit tout à coup. Pamina vit son père devenir songeur. C'est alors que Pamina fit part à son père de l'étrange sentiment de *déjà-vu* qui s'était emparé d'elle, lorsqu'elle avait vu le Goffriller sorti de son étui.

— C'est donc chez toi que je l'ai vu... Où est-il maintenant ?

Léon, plongé dans une pensée sans objet, ne répondit pas.

— ... Papa, où est-il maintenant, son violoncelle ?

— ... Oh, pardon. Je l'ai récupéré quand mes grands-parents sont décédés tous les deux. Tu n'étais pas encore née. Depuis, je l'ai dans la réserve du magasin, bien conservé, bien entretenu.

— Alors c'est là que je l'ai vu... je ne sais pas quand. J'étais encore très petite...

— Certainement. Il n'y a pas d'autre possibilité.

— Je voudrais le voir, papa.

— Tu n'as qu'à venir au magasin. J'y vais après-demain justement. Mais je suppose que tu veux le voir le plus vite possible...

Léon regardait sa fille avec tendresse.

— Si tu veux, on peut y aller demain matin. Ça te va ?

27

Précédée de son père, Pamina entra dans la réserve sombre dotée d'une seule fenêtre qui donnait sur la cour de l'immeuble. Léon alluma les néons. On entendait un petit bruit mécanique : c'était celui du dispositif qui permettait de maintenir optimalement la température et l'humidité de la pièce. Il alla directement, sans aucune hésitation, à l'instrument que sa fille désirait voir.

Pamina s'agenouilla devant l'instrument pour être à la même hauteur que lui. Ses yeux se promenèrent sur toute la surface de la table d'harmonie; puis ils se posèrent sur le fond et les éclisses. Ainsi, tournant et retournant le violoncelle, Pamina en scruta tous les coins et recoins comme une entomologiste plongée dans l'observation d'un papillon rare, une loupe à la main.

— Je te laisse, Pamina. Quand tu auras fini, n'oublie pas de refermer la porte à clé.

— Oui, papa. Ne t'inquiète pas.

Une demi-heure était passée, lorsque Léon vit sa fille dans son bureau. Elle tenait le violoncelle par le manche.

— Papa, j'aimerais l'étudier plus en détail. Je peux

l'emporter dans mon atelier ? Je voudrais le montrer à Jacques aussi.

— Bien sûr que tu peux, s'écria Léon en manifestant clairement un air de contentement.

— Je suis intriguée par la ressemblance entre ce violoncelle de ta maman et celui de Matteo Goffriller. Voilà pourquoi je voudrais l'examiner de près avec Jacques.

— Prends tout ton temps…

28

Pamina revint à l'atelier le violoncelle de sa grand-mère sur le dos. Elle le posa sur son établi. Elle ouvrit l'étui et en sortit l'instrument pour le placer juste à côté du Goffriller toujours ouvert. Comme elle était partie précipitamment pour Le Mans, désireuse d'en avoir le cœur net le plus vite possible au sujet du mystérieux double du Goffriller, elle n'avait pas donné la priorité à la réparation de la fracture d'âme de celui-ci. Creuser légèrement la voûte là où la table était fracturée, coller et ajuster avec la plus grande précision la pièce d'âme – un morceau d'épicéa d'une parfaite forme ovale –, raboter la pièce d'âme de telle façon qu'elle épouse parfaitement la voûte de la table d'harmonie, tout cela restait à faire avant de recoller la table. Mais plutôt que de procéder à tout ce travail, qui n'était pas, loin s'en fallait, la mer à boire pour Pamina, la luthière voulait absolument observer les deux violoncelles simultanément en les mettant l'un à côté de l'autre, tant l'impression de ressemblance, confirmée dans la réserve du magasin de son père, était frappante. Il y avait là un mystère à percer.

Pamina alla voir Jacques; il était en plein travail de réglage d'un Stradivarius que lui avait confié une célèbre violoniste néerlandaise.

— Excuse-moi, Jacques. Je peux te montrer le violoncelle de ma grand-mère ?

— D'accord, j'arrive tout de suite. Enfin, l'heure de vérité !

Le Goffriller était ouvert; l'instrument que Pamina venait de ramener de chez son père ne l'était pas. Mais Jacques examina attentivement l'un et l'autre sous tous les angles.

Une bonne vingtaine de minutes passèrent dans un silence de bibliothèque.

— C'est hallucinant, Pamina. C'est une vraie copie de ce Goffriller... Pas le moindre doute. Le travail est mené à la perfection. Regarde la couleur rouge cerise du vernis et la manière minutieuse dont il est appliqué sur la table. C'est vraiment impressionnant !

— N'est-ce pas ?

— La seule différence, c'est l'âge du bois : l'épicéa qui a trois cents ans et l'épicéa qui n'a que soixante-dix ans sont forcément différents.

— Je vais le détabler pour voir l'intérieur.

Jacques poussa un soupir d'émerveillement et retourna à son établi.

Pamina commença à s'occuper du détablage du violoncelle de sa grand-mère. Elle sortit un pinceau fin, mit de l'eau chaude dans un verre, posa un couteau à détabler sur l'établi. Comme lors de la même opération effectuée sur le Goffriller, elle répéta avec une patience de Pénélope les deux gestes fondamentaux du détablage : ramollir la colle animale avec de l'eau chaude et enfoncer le couteau entre la table et les éclisses. En deux heures et demie, Pamina parvint à faire tout le tour de la table d'harmonie qu'elle détacha ensuite avec la plus grande précaution. Immédiatement, son œil fut attiré par un tout petit papier rectangulaire collé sur le fond dans une zone qui ne se voyait pas tellement à travers les ouïes.

TOI-NI, ce Pax animae : fait par Hortense Schmidt.
À Shinano-Oïwake, juin-octobre 1945.
Copie du Matteo Goffriller de 1712.
En mémoire de Ken Mizutani
et dans l'attente de 麗音.

Puis, son regard se fixa sur le tasseau du bas.

29

— Jacques !

— …

— Jacques !… Viens, Jacques !

— …

— Jacques ! cria Pamina à pleine gorge.

Pamina posa sur la partie inférieure de l'instrument un grand tissu blanc-beige qu'elle utilisait quotidiennement pour nettoyer les instruments. Le vieux luthier se reposait en lisant un numéro de *Musique et Parole* dans la salle de séjour de l'appartement contiguë à son atelier. Son prénom fut prononcé par sa jeune collaboratrice d'une manière si inhabituellement tonitruante que Jacques abandonna son magazine et se précipita à la rencontre de Pamina.

— Qu'est-ce qu'il y a, ma grande ?

Jacques était légèrement essoufflé.

— Regarde-moi ça !

— …

Pamina était dans tous ses états. Devant un violoncelle rouge-noir sombre qui s'allongeait sur son établi comme un corps humain étendu sur le sol, elle était ébranlée par l'apparition soudaine de sa grand-mère aux côtés du Matteo Goffriller de 1712. Jusque-là, elle n'avait pratiquement jamais songé à Hortense Schmidt sinon comme à une ancêtre qui avait exercé le même métier. Mais maintenant, elle était là, silencieuse, dans toute sa discrétion, accompagnant le lointain maître vénitien. Devant ce témoignage indiscutable de l'art de sa grand-mère, les lèvres de Pamina tremblaient. Des larmes jaillissaient, débordaient de ses paupières inférieures. Quant à Jacques, il lut et relut ce qui était écrit sur l'étiquette de fabrication.

— Je ne comprends pas ce que veut dire « TOI-NI », mais le reste est parfaitement clair.

Selon Jacques, Hortense Schmidt avait fait le trou dans le tasseau du Goffriller afin de cacher la lettre de Ken Mizutani. Elle avait ensuite fabriqué cette copie du Goffriller en pensant à Ken et à l'enfant qu'elle portait.

— Je comprends maintenant pourquoi ton papa s'appelle *Léon* et pourquoi *Léon* conserve la mémoire de Ken…

— Ah oui ? Il faut que tu m'expliques…

— Oui, bien sûr… Il me faudrait un stylo et un bout de papier pour ça…

— Mais attends. Tu n'as pas encore tout vu, Jacques.

— Comment ça ?

— Regarde !

Pamina ôta le tissu blanc-beige. Jacques, découvrant avec stupéfaction un trou dans le tasseau du bas exactement comme dans le Goffriller de 1712, ne put s'empêcher de pousser un cri :

— Oh ! mon Dieu, ce n'est pas vrai !

Pamina tendit alors à Jacques une feuille de papier. Il s'agissait d'une notice écrite de la main d'Hortense Schmidt. Et la jeune luthière de lui montrer une autre feuille de plus grand format, vraisemblablement une copie manuscrite de la lettre de Ken puisque datée du 2 avril 1945, elle commençait par les initiales du destinataire : R.K... Jacques jetait un coup d'œil rapide sur la copie manuscrite ainsi que sur la notice en français, lorsque Pamina lui passa une photo et une petite page arrachée à un carnet. Il cligna les yeux.

— Un chien et deux chevaux, murmura-t-il. Qu'est-ce que c'est que ça ? Elle était dans le trou ?

— Oui. Lis le texte d'Hortense. Tu comprendras.

Notice d'Hortense Schmidt :

Pax animae, *en mémoire de Ken*

Après avoir passé la nuit du 2 au 3 avril dans ma cabane, Ken est parti. Il était venu avec son violoncelle ; il est reparti seul sans son instrument, enveloppé dans la grande luminosité du matin, salué par un chien, deux chevaux, des oiseaux. Ils étaient là, lorsque Ken a ouvert la porte. Manifestement, ils avaient été attirés par la musique de Bach, par l'éblouissante interprétation de la première Suite pour violoncelle seul *que Ken venait de m'offrir dans le silence du matin.*

Je glisse dans le trou que j'ai fait à l'intérieur du tasseau du bas exactement comme dans le Goffriller de 1712 la présente note ainsi qu'une copie de la lettre à R.K. de Ken que j'ai réalisée moi-même. J'ajoute aussi le petit mot de Ken dans lequel celui-ci m'apprend le surnom de son Goffriller : Amor. *Il s'agit d'une page de son calepin qu'il a arrachée après l'avoir griffonnée, en l'accompagnant d'une phrase d'amour : «* AMOR, *Matteo Goffriller de 1712. Où que je sois, je serai avec toi. K. »*

J'ai écrit une longue note qui éclaire mon cheminement vers la fabrication du Pax animae. *Trop longue pour être insérée dans le tasseau, je la caserai dans le coffret contenant les disques des* Suites pour violoncelle seul *de Bach interprétées par Pablo Casals. Ce coffret fait partie des dons (livres et disques essentiellement) que je laisse à l'École nationale de musique.*

27 octobre 1945, à Shinano-Oïwake
Hortense Schmidt

Pamina regardait le visage de Jacques s'illuminer progressivement. Le vieux luthier voyait maintenant clairement ce qui rattachait le violoncelle d'Hortense Schmidt au chef-d'œuvre du Vénitien du XVIIIe siècle. Ken Mizutani était parti à la guerre en 1945 en laissant le Goffriller de 1712 surnommé *Amor* entre les mains de sa luthière qui était également son amie. Celle-ci avait caché la lettre testamentaire du jeune musicien à l'intérieur du trou aménagé dans le tasseau du violoncelle de Goffriller. Puis elle avait décidé de fabriquer cette merveilleuse copie qu'il voyait en ce moment même de ses propres yeux. Le Goffriller était en quelque sorte l'ombre de Ken pour Hortense. Elle avait voulu créer l'ombre de son ombre. Elle avait mis dans son œuvre toute son âme, toute sa vie de luthière en même temps que tout son amour pour le jeune violoncelliste à qui elle avait voulu s'unir, mais dont elle avait été séparée par la marche implacable de l'Histoire.

Le luthier exhala un profond soupir.

Pamina était assise sur sa chaise de travail, fortement ébranlée. Jacques s'avança vers elle. Il posa ses deux mains sur son dos et le caressa comme une mère qui console son enfant en pleurs. Pamina se blottit dans les bras du vieux luthier qui, privé de parole, ferma les yeux.

Ce soir-là, après le dîner qu'il prépara et partagea avec Pamina, Jacques lui proposa un petit verre de chartreuse. Il expliqua, en reproduisant sur une page arrachée de son bloc-notes les deux idéogrammes 麗音 soigneusement tracés par la main d'Hortense sur l'étiquette du *Pax animae*, pourquoi il croyait reconnaître la présence de son père dans cet enchevêtrement de traits de toutes sortes, courts, longs, horizontaux et verticaux. Enfin, il ajouta que le premier des deux idéogrammes, signifiant *splendeur*, *beauté*, n'était rien d'autre que celui qu'il avait choisi lui-même pour son propre violoncelle *Rei* prêté à Guillaume pendant la réparation de l'*Amor*.

30

Il restait à Jacques une chose à faire avant de finir cette journée remplie d'émotions fortes. Il écrivit à son amie violoniste Midori Yamazaki, qui faisait chanter aux quatre coins de la planète le violon de son père à lui – violon qu'il avait ressuscité du gouffre de la mort –, un courriel dans lequel il exposait longuement l'histoire du Goffriller et du *Pax animae*. Le message se terminait ainsi :

Voilà, vous savez maintenant tout sur l'étrange et extraordinaire histoire du Pax animae *réalisé par Hortense Schmidt sur le modèle du Matteo Goffriller de 1712, de ce magnifique violoncelle qui était devenu pour elle l'ombre de son jeune ami, son mausolée.*

Et voici maintenant un service que j'ose vous demander, si cela n'est pas trop compliqué pour vous. Je vous adresse cette requête, sachant que vous êtes une ancienne élève de l'Université nationale des beaux-arts et de la musique qui était au temps de Ken Mizutani et d'Hortense Schmidt l'École nationale de musique. Pourriez-vous essayer de chercher à la bibliothèque de votre université ce coffret des disques de Pablo Casals qui doit se trouver quelque part dans les fonds anciens ? Et si, par chance, vous retrouvez la note en question d'Hortense Schmidt, pourriez-vous la photocopier pour me la faire parvenir soit par courrier soit par Internet ? Je vous remercie par avance de la peine que vous vous donnerez pour nous. (...)

Cinq jours plus tard, Jacques reçut la réponse de Midori Yamazaki.

De Midori Yamazaki
À 水澤礼/Mizusawa Rei
Objet : Re : Note d'Hortense Schmidt
Date : 11 novembre 2016

Cher Rei-san,

J'ai trouvé sans difficulté le coffret de Casals à la bibliothèque. La note d'Hortense Schmidt s'y trouvait intacte dans une enveloppe toute simple au fond du coffret. Les feuilles sont un peu jaunies, mais elles ne sont ni abîmées ni froissées. On dirait que je suis la première personne qui lise ce texte ! Je l'ai photocopié sur place. Je vous l'envoie en PDF dans le présent courriel. Mais je vous le ferai parvenir par la poste également. Je m'en occuperai dès demain matin.

Quand pourrai-je vous revoir ? En tout cas, je vous ferai signe si je vais à Paris. Et vous en ferez autant si le bon vent vous amène à Tokyo.

Amitiés vives,
Midori

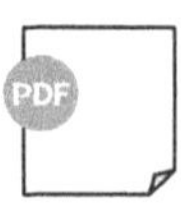

Texte de H.S.

31

Quelques semaines plus tard, Guillaume Walter vint récupérer son violoncelle.

Le musicien était assis face à Jacques et Pamina dans le coin-salon de l'atelier.

— Ton Goffriller a été parfaitement réparé. Comme je te l'avais dit, c'est Pamina qui s'en est occupée.

Jacques et Pamina se regardèrent et échangèrent un sourire énigmatique.

— Mais il s'est passé des choses, vous savez…, dit la luthière.

— Ah bon ?

— Tu peux aller chercher le Goffriller ?… Et l'autre aussi ? demanda Jacques.

Pamina revint avec les deux violoncelles ; elle s'arrêta à environ cinq mètres de Guillaume Walter assis dans son fauteuil. Jacques, en se relevant, demanda au violoncelliste :

— Guillaume, lequel est le tien ?

La ressemblance des deux instruments décontenança le musicien. Il se pencha et cligna les yeux.

— C'est sidérant, n'est-ce pas ?

— Ah, maintenant, je vois. C'est celui-là. Parce que le bord de la table d'harmonie est un tout petit peu craquelé par endroits et je reconnais les minuscules gerçures bien particulières de la table. Mais la ressemblance est stupéfiante. D'où vient-il ?

— C'est à Pamina de l'expliquer.

Lorsque la luthière eut fini de ranger les deux instruments dans leurs étuis respectifs, ils se rassirent chacun dans leur fauteuil, formant un triangle autour de la table ovale. Enfin, Pamina exposa tout ce qui s'était passé depuis l'instant où elle avait vu le Goffriller de 1712 apporté par Guillaume. Elle raconta comment elle avait été mise sur le chemin des retrouvailles avec le double du Goffriller fabriqué par sa grand-mère en 1945 dans une province reculée du Japon. Durant tout le récit captivant que livrait Pamina d'une voix parfaitement posée, Guillaume la contemplait comme quelqu'un d'hypnotisé devant un paysage sublime. Pamina révéla que, d'une part, le tasseau du bas du Goffriller avait un trou profond où se trouvait dissimulée une lettre écrite en japonais et que, d'autre part, le tasseau du violoncelle de sa grand-mère, auquel celle-ci avait donné elle-même le surnom de *Pax animae*, était également troué pour y recevoir une brève notice écrite de sa main.

Lorsque Pamina eut terminé son histoire, Jacques proposa à Guillaume d'essayer l'un après l'autre les deux violoncelles qu'il qualifiait de *jumeaux* malgré leurs dates de naissance fort éloignées dans le temps.

— C'est ce que j'allais vous demander. Pamina, je peux essayer le violoncelle de votre grand-mère ?

— Bien sûr que oui. Le *Pax animae* n'attend que d'être joué... surtout par vous !

— Paix de l'âme, c'est un beau surnom !...

— Il y a un autre mot énigmatique qui précède *Pax animae*. C'est TOI-NI.

— Qu'est-ce que ça veut dire ?

— Je n'en ai aucune idée... Ma grand-mère ne dit pas un mot là-dessus. C'est un mystère que je voudrais bien percer...

— J'aimerais bien savoir moi aussi. Nous chercherons ensemble, Pamina..., fit Jacques.

Guillaume Walter se leva de son fauteuil ; il s'approcha des deux violoncelles posés sur le plancher. Il prit le *Pax animae* par le manche ; sortit la pique, tandis que Pamina allait chercher une chaise pour lui.

— Merci.

Guillaume s'assit ; puis commença à accorder l'instrument en donnant un petit coup d'archet sur chacune des quatre cordes. Pamina le regardait en train d'apprivoiser le violoncelle de sa grand-mère. Tout à coup, du violoncelle rouge-noir s'éleva en *fortissimo* une sonorité grave, tragique, puissante, jouée en triple-corde et en quadruple-corde. C'était l'entrée solennelle en *mi* mineur du *Concerto pour violoncelle* d'Edward Elgar qui aboutit, quatre mesures après, au *si* en blanche en *piano* glissant vers le *mi* en blanche en *fortissimo*. Il continua les yeux fermés comme si un orchestre invisible l'accompagnait. Quelques instants après, ce fut le tour d'une mélodie langoureusement mélancolique découlant naturellement du motif tragique du début comme l'eau de source qui coule doucement, presque goutte à goutte. Il poursuivit ainsi jusqu'à la montée fulgurante avant la grande explosion de l'orchestre, montée qualifiée par le compositeur de « *poco allargando* » qui veut dire « élargissant, intensifiant, ralentissant ».

Guillaume s'arrêta. Il tourna les yeux vers Pamina et Jacques.

— Alors ? demanda le luthier.

— C'est absolument merveilleux. Quelle sonorité ample, profonde, et foisonnante ! Si une cathédrale gothique était un violoncelle, elle produirait cette sonorité-là. C'est un instrument de rêve ! Comme si je jouais mon Goffriller. Même mieux peut-être...

— J'ai envie de déplacer l'âme d'un dixième de millimètre... Qu'en penses-tu, Jacques ?

— Oui, je suis de ton avis.

Pamina alla chercher la pointe aux âmes, l'outil que les luthiers utilisent pour placer et déplacer l'âme. Quant à Guillaume, il rangea avec précaution le *Pax animae* dans son étui et se saisit d'un même élan du Goffriller de 1712.

Guillaume vérifia si le Goffriller était bien accordé comme il l'avait fait quelques minutes auparavant sur l'autre violoncelle. Pamina venait de finir l'ajustement de l'âme dans l'instrument de sa grand-mère. Mais elle laissa Guillaume démarrer avec le Goffriller. Ainsi le début du premier mouvement du *Concerto* d'Elgar résonna-t-il de nouveau majestueusement et royalement. Et, sur cette lancée, il joua sans interruption jusqu'à la fin de la montée *poco allargando* en prenant garde à ne pas changer la manière d'aborder les détails de la partition. Puis il s'arrêta net. Cette fois, c'est Guillaume qui s'adressa à Jacques et Pamina.

— Alors ?

— C'est magnifique ! C'est une sonorité extraordinairement riche... une sonorité de velours..., chatoyante... Je suis heureuse de vous entendre jouer votre Goffriller...

— Merci, Pamina, pour votre travail. J'ai retrouvé mon Goffriller en son état habituel. Je dirai même plus : vous avez réussi à le régler pour qu'il sonne mieux qu'avant...

— J'ai fait mon travail, c'est tout. Voulez-vous réessayer le *Pax animae* ?

— Oui, volontiers.

Pamina tendit le violoncelle à Guillaume qui venait de replacer le Goffriller dans son étui. Après avoir pincé chaque corde une ou deux fois, il plongea pour la troisième fois dans la musique d'Elgar. Un déploiement sonore d'une envergure considérable se répandit dans tout l'espace de l'atelier. La comparaison de Guillaume qui rapprochait le *Pax animae* d'une cathédrale gothique semblait à Jacques, tout ouïe, tout oreilles, parfaitement appropriée à l'émotion ressentie.

Guillaume interpréta deux fois successivement tout le passage depuis le début jusqu'à la fin de la montée vertigineuse *poco allargando* devant le public des deux experts. Mais il ne se contenta pas de jouer et rejouer cette trentaine de mesures. Il poussa son exigence d'écoute plus loin : il joua trois fois successivement la furieuse ascension sonore *poco allargando* comme s'il voulait goûter inlassablement la sonorité d'une richesse inouïe qui émanait du violoncelle rouge cerise sombre.

— C'est la première fois que je me sens si totalement en immersion, si heureusement en symbiose avec un violoncelle.

— Que c'est beau ! C'est merveilleux, murmura Pamina.

— C'est un violoncelle absolument extraordinaire..., je me sens battu à plate couture, souffla Jacques au creux de l'oreille de Pamina.

— Écoutez, je dois restituer ce Goffriller dans deux ans et quelques mois. Pourrais-je être candidat pour l'achat de ce chef-d'œuvre, si, par hasard, il est à ma portée... Excusez-moi de m'exprimer aussi directement...

— Pour le moment, il n'est pas à vendre, répondit Pamina laconiquement, d'un air gêné.

Jacques lança un regard furtif à Guillaume.

— Nous verrons à ce moment-là. N'est-ce pas, Pamina ?

32

« Une lettre cachée dans mon Goffriller depuis 1945 ! Qui aurait pu imaginer la présence d'une lettre à l'intérieur d'un trou aménagé dans le tasseau ! » se dit Guillaume sur le chemin du retour chez lui.

Dans l'après-midi, durant trois heures d'affilée, il travailla avec le *Rei* prêté par Jacques pour son récital à venir. « Quel violoncelle, celui-là aussi ! » pensa-t-il.

Il sentait une fatigue lourde installée en lui ; son attention commençait à flotter. Il décida alors de faire une pause. Il se fit un café. Enfoncé dans le fauteuil de la salle de musique insonorisée, il but une gorgée de café et posa sa tasse sur la table ronde en acajou placée dans un coin tout près du piano demi-queue. Puis il ferma les yeux comme s'il se livrait à un exercice de méditation. Un bout de la conversation tenue dans l'atelier de Jacques lui revint. Lui : « Qui va garder cette lettre ? » Jacques : « Elle ne t'appartient pas, mais elle était dans ton Goffriller. Si tu la gardais jusqu'à nouvel ordre ? J'ai mis ma traduction au propre, je l'ai donnée à Pamina. Je t'en donne une copie. » Puis quelques images de Pamina défilèrent les unes après les autres : Pamina se tenant debout à côté de Jacques ; Pamina évoquant la découverte inattendue de la lettre, de la notice, des photos dans les deux violoncelles ; Pamina se penchant sur le *Pax animae* pour rectifier l'emplacement de son âme, etc.

En rouvrant les yeux, Guillaume porta son regard sur la lettre en japonais posée au milieu de la table. Il se souvint du résumé que Jacques avait fait de cette lettre. Il prononça le nom du signataire de la lettre qu'il avait noté dans son calepin : Ken Mizutani.

Tout à coup, une idée s'empara de lui avec une fulgurance étonnante. Elle occupa tout son esprit, plus forte que les préoccupations présentes, plus pressante que n'importe quelle obligation familiale ou amicale. C'était celle d'aller à la fondation Lorenzetti consulter les archives relatives aux instruments de grands maîtres luthiers que la Fondation prêtait aux lauréats de certains concours internationaux.

Quelques jours plus tard, dans l'après-midi d'un jour de la fin octobre 2016, Guillaume Walter se trouvait dans la silencieuse salle de lecture de la bibliothèque de la fondation Lorenzetti à Genève. Sur sa demande, la bibliothécaire avait sorti un gros classeur contenant les documents relatifs aux instruments à cordes que la Fondation possédait tout autant qu'aux musiciens à qui ils avaient été prêtés. Guillaume rechercha l'historique des prêts du Matteo Goffriller de 1712.

Les documents étaient classés dans l'ordre chronologique et en fonction de chaque instrument. Il n'eut pas de mal à trouver qui avait été en possession du Matteo

Goffriller de 1712 dans les années autour de 1945. Ainsi découvrit-il que le jeune violoncelliste japonais Ken Mizutani, à la suite de sa victoire au Concours international de Lausanne en 1939, avait obtenu le privilège de disposer de ce chef-d'œuvre de lutherie de 1939 à 1946. À l'époque, manifestement, le prêt était de sept ans au lieu de cinq pour Guillaume. Lorsqu'il avait remporté le Premier prix au concours de Lausanne, Ken Mizutani n'avait que dix-neuf ans. Dans la pochette transparente contenant une biographie du lauréat se trouvaient plusieurs coupures de journaux parus à l'occasion du concours. Les yeux de Guillaume furent frappés par le gros titre d'une chronique parue, photo à l'appui, dès le lendemain dans la *Gazette de Lausanne* : « Ken Mizutani, l'incroyable interprète d'Elgar venu d'Extrême-Orient ». Une autre chronique, celle du *Journal de Genève*, était intitulée : « Un jeune talent exceptionnel venu du Pays du soleil levant ». L'auteur de cet article s'émerveillait devant l'extraordinaire maturité musicale de Ken Mizutani malgré son jeune âge. Guillaume apprit dans cet article que le violoncelliste japonais était allé voir Pablo Casals en 1938 à Prades et qu'il avait reçu l'enseignement de ce grand maître pendant quelques jours.

Une deuxième notice biographique, beaucoup plus succincte, était agrafée à l'autre : elle signalait le décès du musicien en 1945 ; il était à bord d'un navire de transport attaqué par un sous-marin américain. Le Matteo Goffriller de 1712 avait été restitué à la Fondation par Hortense Schmidt, la luthière du musicien, en mai 1946. « C'est donc la grand-mère de Pamina qui a restitué l'instrument. »

En rentrant à Paris, Guillaume Walter se décida, après quelques moments d'hésitation, à entreprendre une enquête. Il se rendit dans une agence de détectives privés. Il fut reçu par un certain Paul Lamy. Il confia à celui-ci toute l'histoire de la lettre trouvée dans son violoncelle ; il lui fit part aussi de la démarche qu'il avait entreprise auprès de la fondation suisse dans le but de s'assurer que Ken Mizutani avait bel et bien été le bénéficiaire de l'instrument à l'époque où cette lettre y avait été glissée.

— La lettre a été écrite par lui, c'est certain. Je ne sais pas lire le japonais, mais d'après mon ami luthier qui comprend parfaitement le japonais, la lettre est de lui et signée par lui. Elle est adressée à quelqu'un indiqué seulement par ses initiales : R.K.

— Et qu'est-ce que vous souhaitez en fin de compte ? En quoi puis-je vous être utile ? demanda Paul Lamy.

— Je voudrais retrouver la famille de ce Ken Mizutani. Je sais qu'il est mort en 1945 à l'âge de vingt-cinq ans. Mais sa famille, son frère ou sa sœur, ses neveux, ses nièces... ils doivent vivre au Japon ou ailleurs... ils ne savent certainement pas l'existence de cette lettre... J'aimerais la leur restituer... même si Ken Mizutani a souhaité que sa lettre échappe à tous les regards, sauf à celui de sa luthière... Puis...

Guillaume Walter hésitait à poursuivre sa phrase d'un air embarrassé.

— Puis, quoi ?

— Je ne sais pas si c'est faisable...

— Dites toujours...

— Je voudrais, si cela est possible, connaître l'identité

de celui ou celle qui est signalé(e) par les initiales R.K. et retrouver pareillement la famille de cette personne.

— D'accord, j'ai bien compris le travail que vous voulez me confier. C'est vraiment très rare qu'on s'occupe d'une enquête de ce genre. On est plutôt dans les divorces ou les conflits familiaux, ironisa Paul Lamy.

— Est-il envisageable d'entreprendre cette enquête ?

— Nous ne sommes pas souvent amenés à aller dans un pays étranger. Je dirais même que c'est rarissime. En tout cas, personnellement, ça ne m'est jamais arrivé d'aller dans un pays aussi lointain. Mais ce n'est pas une entreprise impossible. Nous sommes en relation avec des collègues japonais ; ils pourront nous aider dans nos démarches, même si elles semblent *a priori* difficiles et compliquées. Je crois que c'est jouable, oui, c'est jouable, mais ça prendra du temps comme vous pouvez vous en douter... Et... les frais et les honoraires seront à la mesure de la distance et de la difficulté...

Paul Lamy souriait avec un brin de gêne.

MENUET I ET II

(1945-1946)

33

Depuis qu'il était rentré chez ses parents à Shinano-Oïwake, secteur dépendant de la commune de Karuizawa dans la région montagneuse du centre du Japon, Ken s'entraînait tous les jours frénétiquement. Lorsqu'il faisait beau, on voyait le mont Asama qui faisait penser, par ses contours sinueux et majestueux, au corps d'un géant allongé. Ken ne lâchait son violoncelle que pour manger ou pour dormir. Du matin au soir, il s'enfermait dans la petite salle de musique sommairement insonorisée pour jouer une œuvre que Rin, sa petite sœur de onze ans, avait fini par pouvoir fredonner à force de l'entendre de près ou de loin. Mais, encore trop petite, et peut-être à cause de son goût précoce pour la lecture, Rin ne savait pas comment s'appelait ce morceau de musique, de qui il était, à quelle époque il avait été composé. Lorsque le déjeuner ou le dîner était prêt, c'était à Rin d'aller voir son grand frère, plus âgé qu'elle de quatorze ans, pour lui dire : « À table, *onii-chan* ! » Un jour, Rin demanda à son père :

— Pourquoi *onii-chan* n'arrête pas de faire de la musique ? Depuis qu'il est rentré, il s'entraîne quatorze heures par jour ! J'ai bien compté ! Quatorze heures ! Avant il avait le temps de jouer avec moi... il parlait avec moi, il s'occupait de moi ! Plus maintenant !

— Il ne faut pas lui en vouloir, Rin. Ken va bientôt partir. Il va devenir soldat. Quand il sera soldat, il n'aura pas le temps de faire de la musique, tu comprends ?... C'est pour ça qu'il en fait du matin au soir. Il veut progresser au maximum, il veut aller le plus loin possible pendant les jours qui lui restent avant de s'en aller...

— Mais il pourra en faire quand il rentrera... non ?

Le père ne répondit pas. Ce fut à la mère de parler après un silence lourd de quelques secondes.

— ... Rin, tu peux aller dire à *onii-chan* que le dîner est prêt dans dix minutes ?

— Oui, maman.

La petite fille s'éloigna de ses parents et alla en sautillant vers la salle de musique.

Quelques minutes plus tard, Ken et Rin revinrent main dans la main et prirent place à table l'un à côté de l'autre. Le père s'adressa à son fils :

— Tu travailles beaucoup...

— Oui, parce que après, ce ne sera plus possible. Je serai séparé de mon instrument. Je profite de ces derniers instants de liberté...

— Que cette guerre se termine et que tu rentres le plus vite possible ! dit la mère en tendant à son fils un bol de riz.

Sa voix, frêle et alarmée, tremblait imperceptiblement. Ken tourna son regard vers sa petite sœur et lui dit de but en blanc comme s'il craignait d'oublier ce qu'il avait en tête depuis longtemps :

— Rin-*chan*, demain matin, si tu veux, on ira ensemble au bois. Il faut profiter de ces quelques jours de vacances... Qu'en penses-tu ?

— Oh oui ! C'est chouette. On jouera au badminton, *onii-chan* !

Rin avait dans sa main gauche deux raquettes de badminton et donnait sa main droite à son grand frère. Celui-ci, portant sur son dos une énorme caisse contenant son violoncelle, réglait son pas sur celui de sa petite sœur. Il faisait frais et beau. Un doux soleil de printemps précoce leur caressait le dos et en faisait deux ombres claires qui marchaient côte à côte en se confondant chaque fois qu'ils prenaient la rue à gauche ou à droite. Au bout d'un quart d'heure environ, ils arrivèrent à ce qu'ils avaient coutume d'appeler le bois, un vaste terrain vague, avec des masses d'arbres par-ci par-là, qui s'étendait devant la minuscule gare de Shinano-Oïwake. Ils s'avancèrent vers un banc abrité par un jeune cerisier qui commençait à avoir de petits bourgeons. Il n'y avait personne autour d'eux. Ken posa l'étui prudemment sur le banc. Et là, sans trop s'éloigner de son instrument, en lui lançant un regard rapide de temps en temps, Ken se mit à jouer au badminton avec sa petite sœur. On entendait de loin les petits cris joyeux de Rin. Chaque cri de sa petite sœur était pour Ken comme un coup de pique qui s'enfonçait dans sa chair. Il se souvenait qu'il l'avait portée quelquefois sur son dos ; elle était encore toute petite. Sa mère, retoucheuse à l'occasion, la lui confiait, lorsqu'elle devait livrer à ses clientes les kimonos auxquels elle avait apporté quelques retouches.

— Tu me laisses travailler un peu maintenant ? Tu peux jouer seule de ton côté ? Ou tu peux m'écouter aussi…

Ken sortit de l'étui son instrument et son archet. Il s'assit sur le banc et il commença à jouer. Une musique grave, limpide, méditative, presque silencieuse s'éleva lentement, très lentement comme pour vous inviter au recueillement. Rin frappait inlassablement le volant avec sa raquette afin de le lancer et le relancer au-dessus de la tête. Mais fatiguée au bout de quelques minutes, elle abandonna son jeu ; elle s'assit sur l'herbe en fixant son regard sur le visage contemplatif de son grand frère qui, les yeux fermés et levés vers le ciel, lui semblait parler aux arbres et aux nuages. Une demi-heure s'écoula ainsi. Ken rangea précautionneusement son instrument dans l'étui avant de s'écrier en direction de Rin :

— On joue au badminton encore une fois !

Le volant allait et venait régulièrement dans le ciel, sur fond de petits cris d'exclamation, à l'instar du pendule d'une horloge, dans l'intervalle d'environ cinq mètres séparant le frère et la sœur. Au bout d'une cinquantaine de passes réussies, ils convinrent de se reposer. Puis, après avoir repris son souffle, Ken retrouva son violoncelle, tandis que Rin, elle, épousait de nouveau tout naturellement la position d'auditrice comme si, finalement, elle préférait à la poursuite mécanique du volant blanc la sonorité du violoncelle qui lui faisait penser par sa gravité même à la voix chaude de son grand frère. La musique, la même, résonna longtemps et profondément. Lorsque les deux cycles de badminton et de musique furent terminés, le grand frère proposa à sa petite sœur de regagner leur maison. Il était presque midi.

Après le déjeuner, Ken s'enferma dans la salle de musique et joua sans interruption jusqu'au dîner. Après le repas, il y retourna, non pas pour jouer, car il ne voulait pas déranger ses parents ni ses voisins, mais pour se plonger dans la partition de l'œuvre qu'il étudiait crayon à la main.

Pendant les six jours qui suivirent, le grand beau temps aidant, Ken et Rin passèrent leur journée exactement de la même manière. La seule différence, c'est que chaque jour, ils changeaient de lieu ; ils allaient de bois en bois, de terrain vague en terrain vague, pour s'offrir le double plaisir de leur performance sportive et du récital de violoncelle privé. Pour cela, il fallait trouver un banc où poser l'instrument qui craignait l'humidité du sol et de l'herbe. Une fois choisi le lieu, ils s'y faufilaient. Dans le silence vert de l'espace végétal suffisamment éloigné des maisons environnantes, mais en même temps protégé du tumulte effrayant du vaste monde en proie aux hostilités de tous ordres, la petite fille de onze ans et son grand frère musicien jouissaient du simple fait d'être ensemble à travers la contemplation des courbes paraboliques dessinées par le volant de badminton aussi bien que par l'écoute de la musique solitaire émanant du violoncelle que le musicien serrait dans ses bras comme s'il voulait le protéger à tout prix, son précieux instrument à cordes aussi grand que sa petite sœur, brillant comme un diamant noir dans la pénombre matinale créée par les arbres touffus et espacés.

Vers minuit, Ken se mettait au lit. La lumière éteinte, sa chambre était éclairée par la clarté ténébreuse de la lune. Alors revenaient une fois encore à sa mémoire le souvenir de l'enseignement qu'il avait reçu de Maurice Maréchal au Conservatoire, celui des leçons qu'il avait eu la chance de prendre à Prades auprès de Pablo Casals en 1938, un an avant son retour au Japon.

Au sixième jour, Ken et Rin s'aventurèrent dans un secteur assez loin de la maison à la recherche d'un terrain vague muni d'un banc. Ils prirent la petite rue qui partait de la route de Karuizawa et qui passait devant la maison, montant vers le flanc du mont Asama. Au bout de quelques minutes de marche, ils arrivèrent à un petit pont sous lequel coulait un ruisseau murmurant. Au lieu de continuer à monter la petite rue, ils décidèrent de suivre le ruisseau vers la gauche. Le ruisseau tortueux et par endroits torrentueux s'enfonçait dans des arbustes sauvages qui se trouvaient à une centaine de mètres devant eux. Ken n'était jamais passé par là.

— Tu n'as pas peur, Rin-*chan* ? cria-t-il.

— Un peu, mais ça va, répondit Rin, je suis avec toi, *onii-chan*.

Tout à coup, un petit bois bien débroussaillé apparut devant eux. Ils suivirent un chemin au milieu d'arbres centenaires épars qui laissaient le soleil leur envoyer des rayons doux et bienfaisants. Enfin, ils débouchèrent sur une clairière abritant en son milieu un banc de bois.

— Voilà ce qu'il nous faut ! s'écria la petite sœur.

C'était un vieux banc à dossier moussu. Ken se demanda qui avait eu l'idée, au demeurant saugrenue, de le mettre dans ce bois si isolé, si caché des regards, et pourquoi. Était-ce pour l'admiration des fleurs de cerisier ? Il y avait en effet, à une dizaine de mètres de là, un majestueux cerisier plein de bourgeons qui, en grossissant de jour en jour, allaient offrir bientôt un spectacle féerique. Ken posa, comme à l'accoutumée, l'étui de son instrument sur le banc. Rin avait déjà commencé à envoyer le volant de badminton le plus haut possible en le frappant énergiquement avec sa raquette. Après cinq ou six coups réussis, elle échoua à le rattraper. Le volant avait atterri tout près du banc. Elle s'empressa de s'en ressaisir. Son grand frère, parfaitement immobile, tenant son violoncelle avec la main gauche, regardait à ce moment-là quelque chose fixement, comme hypnotisé par l'apparition soudaine d'un être fantastique.

— *Onii-chan*, ça va ? Qu'est-ce qui se passe ?

Ken ne broncha pas.

— *Onii-chan ! Onii-chan !*

Rin insista.

La voix stridente de la petite fille sortit Ken de son état de torpeur momentané. Il lui envoya une esquisse de sourire en lui disant :

— Rin-*chan*, excuse-moi, tu peux me donner trois minutes ? Après, je serai à toi !

À peine le grand frère eut-il rallongé son instrument dans l'étui ouvert qu'il sortit de la poche de sa veste un calepin ainsi qu'un minuscule crayon à papier ; il se mit à écrire quelque chose en dirigeant deux ou trois fois un regard rapide et furtif vers les planches du banc. Puis, à un moment donné, il cessa d'écrire et devint rêveur. Il était absent comme s'il s'était transformé en statue de bois, en robot hors tension, en homme de cire, ou comme si, brusquement, son âme avait été transplantée ailleurs tout en laissant son corps vide sur place. Mais quelques instants après, il se réanima ; il reprit son geste d'écriture.

Et dès qu'il eut fini d'écrire, il posa le carnet et le crayon dans un coin de l'étui. Enfin, il saisit le manche de son violoncelle afin de sortir la pique.

— C'est bizarre, on dirait que tu pleures. Qu'est-ce qui se passe ? chuchota la petite fille d'une voix si faible que Ken ne l'entendit pas.

— Allez, Rin-*chan*, on va jouer !

— Mais non, qu'est-ce que tu racontes ? Tu es déjà avec ton violoncelle !

Rin éclata de rire.

— Ton violoncelle dressé sur le banc est presque aussi grand que toi, vous êtes l'un à côté de l'autre, vous êtes comme deux frères inséparables !

— Oh, pardon, Rin ! Je suis dans la lune, excuse-moi.

— Tu vas d'abord jouer ton morceau et après on passe au badminton. Qu'est-ce que tu en penses ?

— Si tu es d'accord, pourquoi pas ?

— Bien sûr que je suis d'accord. Vas-y, *onii-chan* ! Je t'écoute. À force de t'entendre jouer ce morceau, je commence à l'aimer, tu sais.

— Ah oui ?

Ainsi, l'ordre des choses fut inversé ce jour-là. Le récital, sous la voûte végétale, commença.

Rin écoutait en silence son grand frère jouer la musique habituelle. Elle était assise sur la pelouse, les jambes allongées, s'appuyant sur les avant-bras pour s'incliner en arrière. Son immobilité était si parfaite qu'on eût dit une statue de jeune fille en marbre.

Lorsque Ken eut fini d'interpréter tout le morceau en une vingtaine de minutes, il marqua une pause, une pause longue de plusieurs dizaines de secondes. Il ne bougeait pas, il semblait être plongé dans une profonde méditation. Rin sentit, dans ce silence et dans cette immobilité, se propager tout autour d'elle un frissonnement doux et étrange. C'est alors que son grand frère commença à jouer en supplément un morceau paisible qu'elle n'avait jamais entendu jusque-là, ni à la maison ni dans les différents terrains vagues explorés depuis une semaine. C'était une petite pièce dont la durée était de trois minutes à peine. Rin embrassait maintenant ses jambes pliées ; la musique *planait* au-dessus d'elle. Elle avait l'impression d'entendre pépier une colonie d'oiseaux.

Ce jour-là, Rin préféra, au lieu de jouer au badminton, écouter encore une fois le morceau habituel et la petite pièce supplémentaire. Ken accepta de bon cœur.

Sur le chemin du retour à la maison, Rin fit part à son grand frère des oiseaux qui s'étaient envolés de son violoncelle.

— Merci, Rin. C'est le plus beau compliment que tu puisses me faire !

Au septième jour, au petit déjeuner, Ken dit à sa petite sœur :

— Rin-*chan*, je ne pourrai pas aller dehors aujourd'hui avec toi. Tu me pardonneras. J'ai beaucoup de choses à faire...

— Tu ne verras pas ton grand frère pendant un certain temps, dit le père d'une voix sombre et résignée, comme s'il essayait de se persuader qu'il lui fallait supporter en silence son triste sort. Il va devenir soldat dans trois jours... et il sera loin de la maison, même très loin de la maison...

— Mais il reviendra, quand la guerre sera finie… N'est-ce pas ?

La mère tourna le visage pour ne pas montrer à sa fille les larmes qu'elle ne pouvait retenir.

— Oui, cette guerre finira tôt ou tard, plus tôt qu'on ne le croit… Le pays est à bout. Ça ne peut plus durer… C'est ce que papa pense. Alors, Ken reviendra aussitôt que la guerre sera terminée…

— Et à l'école, on ne te rebattra plus les oreilles avec des fadaises sur le Pays divin…, murmura le père.

Le père de Ken, Goro Mizutani, travaillait comme professeur vacataire dans une école à Karuizawa. Il y allait trois ou quatre fois par semaine. Il prenait le train à Shinano-Oïwake et dix minutes après, il était à Karuizawa. C'était une petite école qui avait été créée par des sœurs appartenant à la Congrégation de Saint-Maur. Les élèves, assez nombreux, étaient des enfants étrangers essentiellement. Auparavant, Goro avait été professeur de mathématiques dans un collège à Tokyo, mais ne supportant plus de contribuer à anéantir la personnalité des enfants pour en faire des sujets de l'Empire, dociles, sans pensée ni volonté, il avait démissionné et avait décidé de vivre le plus discrètement possible dans son village natal avec sa femme Toshi et leurs deux enfants. Le petit salaire de Goro, même s'il comportait des avantages en nature, ne permettait pas de mener la vie aisée d'avant ; Toshi l'aidait en faisant ses travaux de couture. Goro, issu d'une famille d'industriels assez fortunée, pouvait compter sur l'aide de ses parents âgés, mais le couple tenait à vivre de ses propres moyens.

Après le petit déjeuner, Ken s'enferma dans la salle

de musique. On l'entendit jouer l'œuvre qu'il répétait inlassablement depuis qu'il était revenu de Tokyo. Il préféra sauter le déjeuner pour continuer à demeurer dans la musique. Puis, vers trois heures de l'après-midi, la musique cessa. Rin jouait seule dans le jardin ; la mère, assise devant la table basse, cousait ; le père n'était pas encore rentré de son travail. À six heures passées, alors que le soleil déclinait, Ken sortit de la salle de musique et déclara à sa mère qu'il allait voir sa luthière et qu'il rentrerait tard.

— Tu ne dînes pas avec nous ?

— Non, maman, je n'ai pas le temps, excuse-moi.

Ken portait sur ses épaules son violoncelle parfaitement protégé dans l'étui noir.

— À plus tard, dit-il à sa petite sœur qui l'avait suivi dans le vestibule.

Il ouvrit largement la porte coulissante à carreaux vitrée ; il franchit le seuil en se gardant de cogner l'instrument contre le châssis de la porte. Une fois dehors, il marcha d'un bon pas et disparut rapidement dans la nuit commençante.

34

Lettre de Ken Mizutani découverte dans le violoncelle que le luthier Matteo Goffriller acheva en 1712. Elle est traduite par Jacques Maillard-Rei Mizusawa.

Shinano-Oïwake, 2 avril 1945

Cher ou chère R.K.

Je ne vous connais pas. Je ne sais pas si vous êtes un homme ou une femme. Je ne sais pas si vous êtes jeune ou plutôt âgé. Je ne sais même pas comment vous vous appelez. Je ne connais que vos initiales. Mais j'ai envie de vous parler, j'ai une furieuse envie de vous écrire, même si je sais pertinemment qu'il est impossible que vous me répondiez puisque ces lignes ne vous parviendront pas. C'est comme si, selon une image bien répandue, je lançais une bouteille à la mer, une bouteille qui contiendrait cette lettre. Quelqu'un la lira un jour… peut-être. Je ne sais pas quand, ce sera dans dix ans comme dans cent ans. Mais ce ne sera pas vous qui la lirez. C'est certain. Quelqu'un la lira à votre place. *C'est déjà bien. Je vous écris alors que je ne sais pas qui vous êtes et que je sais que vous ne me lirez pas. Pourquoi alors vous écrire ? Parce que écrire est un acte d'espoir tout autant que de résistance. Vous êtes là, avec vos initiales R.K., mais vous faites venir aussi tous les lecteurs virtuels de ce que je vous confie. Grâce à vous, je m'entretiens avec un nombre infini de personnes. Vous écrire, c'est écrire à n'importe qui, c'est aussi m'entretenir avec moi-même à travers la figure de n'importe qui.*

Je m'appelle Ken Mizutani. Je suis violoncelliste. J'ai vingt-cinq ans, encore élève à l'École nationale de musique. Dans quelques jours, je serai enrôlé dans l'armée. La guerre s'intensifiant partout, les soldats tombent. Il en manque cruellement certainement. D'où la mobilisation d'étudiants. C'est ainsi que j'ai reçu le fameux papier rouge qui fixait la date de mon incorporation. J'avais quinze jours devant moi. J'ai décidé de passer mes derniers jours à Shinano-Oïwake chez mes parents. Je serai envoyé quelque part en Mandchourie, dans le Pacifique, ou ailleurs. Autour de moi, c'est une hécatombe. À mon tour, je vais loin sur la route de la mort. Pourrai-je en revenir ?

Je vous écris parce que j'ai lu ce que vous avez gravé, avec un couteau sans doute, sur ce banc en bois, caché au milieu d'arbres centenaires dans un terrain vague à Shinano-Oïwake, non loin de chez mes parents. Le désir de paix et la colère contre la guerre qui vous animent vous ont fait écrire ces mots en latin :

In terra pax hominibus bonae voluntatis.
Dona nobis pacem. R.K.

J'étais avec ma petite sœur quand j'ai découvert cette inscription. Nous étions venus dans ce terrain vague pour jouer au badminton. J'avais aussi mon violoncelle pour jouer les Suites pour violoncelle seul *de Bach, notamment la première. Vous imaginez le soulagement que vos mots m'ont apporté ? « Je ne suis pas seul », me suis-je dit. « Non, je ne suis pas seul dans ce monde de fous. Voilà quelqu'un qui sent les choses comme moi, qui souhaite* la paix aux hommes de bonne volonté », *me suis-je répété. Vous n'avez pas écrit ces mots en japonais, ni en anglais, mais en latin. Pour vous protéger, bien sûr. Si vous les aviez écrits en japonais et que la Police militaire sût vous identifier comme auteur de ces mots, vous auriez risqué la prison, ou même pire, la torture... En les gravant en latin que presque personne ne comprend dans ce pays, vous pouviez échapper à l'interrogatoire musclé des militaires. Des mots de résistance en latin ! Avec ces mots, vous avez silencieusement manifesté votre volonté d'opposition au fanatisme militaire qui ronge le pays comme un cancer généralisé ! Ce pays où parler de paix et de liberté est considéré comme un crime de lèse-majesté ! J'étais heureux de comprendre chacun de vos mots ; je me suis félicité d'avoir étudié non seulement le français mais encore, un petit peu, le latin pendant mes années d'apprentissage à Paris. Je suis musicien ; j'ai donc consacré la plus grande partie de mon énergie à étudier la musique. Mais je n'ai pas négligé le français ni le latin. C'est donc grâce à mon séjour de trois années à Paris que j'ai le bonheur de vous comprendre, d'être avec vous par la pensée.*

Vos mots, je les ai recopiés dans mon calepin. En les

transcrivant, quelques œuvres que j'ai découvertes à Paris dans des concerts me sont revenues à la mémoire : la Messe en si mineur *de Jean-Sébastien Bach et surtout la* Missa solemnis *de Beethoven. Lorsqu'en me transportant dans le Paris de mes années d'études, je me suis faufilé dans les chœurs qui chantent l'œuvre de Beethoven et qui chuchotent avec une tendresse infinie :* « Et in terra pax hominibus bonae voluntatis », *j'ai eu du mal à retenir mes larmes. Quelle douceur après « Gloria in excelsis deo » chanté en* fortissimo *dans toute la puissance des voix humaines accompagnées de l'expression éclatante de l'orchestre tout aussi puissant ! Ensuite, la mélodie de « Dona nobis pacem » de la* Messe en si *et celle de* Missa solemnis *ont résonné dans ma tête tour à tour. J'ai cru entendre la prière ardente de Bach pour le retour de la paix et toute la colère de Beethoven face aux horreurs de la guerre.*

Je m'arrête ici. Je vais confier cette lettre à ma luthière qui gardera mon violoncelle. Mon instrument n'a pas de place dans la guerre.

Cher ou chère R.K., c'est une drôle de lettre que je vous adresse. Excusez-moi. Recevez mes plus fraternelles salutations.

Ken Mizutani

35

Note de la luthière Hortense Schmidt, qui dormait dans le coffret des disques de Pablo Casals : *Suites pour violoncelle seul* de Jean-Sébastien Bach, BWV 1007-1012, coffret conservé à la bibliothèque de l'Université des beaux-arts et de la musique de Tokyo.

Après le départ de Ken, j'ai été dans un état de prostration qui me rendait complètement inactive. Je ne pouvais rien faire. Effondrée dans mon fauteuil, je me sentais affaiblie à l'extrême. Allongée sur mon futon, je sombrais dans le chagrin. Mais je me suis interdit de rester dans cet état d'abattement ; je me suis obligée à me lever. Je n'avais pas l'impression que mes jambes avaient suffisamment de force pour me soutenir. Je me nourrissais à peine. Je ne désirais qu'une chose : que la guerre cessât et que Ken revînt ; mais les nouvelles, toutes aussi alarmantes les unes que les autres, ne me donnaient pas d'espoir. Pour ne pas demeurer dans l'angoisse qui m'assaillait, il fallait que je fasse quelque chose. C'est ainsi que je me suis forcée à écrire. J'avais besoin de raviver mes souvenirs de Ken, ceux qui se trouvaient rangés tout au fond de l'étui de ma mémoire comme un Stradivarius dans un coffre-fort.

J'ai rencontré Ken pour la première fois en 1940. C'était dans mon atelier d'Ueno. Il venait de rentrer de France où il avait passé plusieurs années au Conservatoire de Paris. Son violoncelle sur le dos, il s'est présenté de la part de son professeur que je connais bien. Il m'a fait brièvement le récit de son parcours japonais et français et, en terminant, il a ajouté : « Je suis surpris de savoir qu'une luthière française est à Ueno, tout près de mon école ! Je m'attendais à tout sauf à ça ! »

Il m'a alors montré son instrument.

C'est ainsi que j'ai vu pour la première fois de ma vie un violoncelle de Matteo Goffriller. J'avais vu, pendant mes années de formation en Europe, des Montagnana, des Stradivarius, des Ruggieri, des Guadagnini, mais pas de Goffriller. J'étais heureuse de faire la connaissance de ce génie de la lutherie d'autant plus que je n'aurais jamais imaginé qu'une telle occasion se présenterait dans mon modeste atelier qui se trouve à des milliers de kilomètres de l'Europe. Ken a posé son instrument sur la grande table carrée de mon atelier. Il a ouvert l'étui noir. Le Goffriller d'un rouge cerise foncé, brillant comme un diamant noir, m'a frappé les yeux.

Ken, qui habitait dans le quartier de Neguishi, non loin de l'École nationale de musique, venait me voir souvent pour que je prenne soin du Goffriller. Un jour, il m'a demandé pourquoi j'avais décidé de venir m'installer à Tokyo, si loin de la France, à mille lieues de la civilisation européenne, « presque aussi éloignée que la lune », selon ses propres mots qu'il a prononcés en arborant un beau sourire.

Je lui ai répondu que j'avais pris la décision de venir au Japon en 1934 à la suite de la rencontre avec une violoniste japonaise à Bruxelles. Celle-ci m'avait dit que le Japon était en train de s'ouvrir à la musique occidentale et qu'il n'y avait pas de bons instruments ni de luthiers qualifiés. Alors pourquoi ne pas aller là-bas ? Je pourrais être utile aux musiciens de ce lointain pays attiré par la musique européenne et les instruments qui la chantent. J'ai alors fait part à Ken d'une de mes convictions : la musique et les instruments du quatuor qui naissent et s'élaborent à l'époque des Lumières font partie du cœur de l'Europe moderne… Et j'ai ajouté que je ne regrettais pas ma décision parce que j'avais fait à Tokyo la connaissance de musiciens formidables.

Je m'en souviens comme si c'était hier. Ken a conclu cette conversation en déclarant qu'il bénissait cette violoniste japonaise et qu'il était heureux de trouver en moi une luthière à qui il pouvait confier son trésor en toute tranquillité.

Au fur et à mesure que le temps passait, à force de nous revoir régulièrement, à force de parler presque toujours en français sauf quand une troisième personne était en notre compagnie, nos relations se sont approfondies et sont devenues aussi amicales que professionnelles. Et un beau jour, tout naturellement, nous sommes passés au tutoiement. Ken a toujours été d'une gentillesse, d'une amabilité touchante à mon égard. Il compatissait à mon sort, à ma solitude de Française à Tokyo. Il m'a dit un jour : « Tu es venue de si loin, dans ce pays avili par un militarisme impérialiste barbare et fanatique... Je te le dis en toute sincérité. Je peux te le dire, à toi qui es française, dans et par cette langue qui est la tienne, pas la mienne, mais que je m'efforce de faire mienne parce que c'est la langue que je crois entendre et parler quand je joue du violoncelle !»

Je lui ai alors demandé s'il entendait le français même quand il jouait du Bach. Il m'a répondu affirmativement avec une force joyeuse. La musique et cette langue étrangère qu'est le français permettaient donc à Ken de se libérer du pouvoir d'emprisonnement de son pays dictatorial. Je lui ai alors fait remarquer que l'impérialisme expansionniste n'était pas l'apanage de l'empire nippon... Partout, les hommes s'entretuent ; partout, la violence sévit. Pourquoi ?

Je crois qu'assez tôt, Ken voyait en moi plus que sa luthière. Il n'osait pas se l'avouer, ni, à plus forte raison, me le dire. Il pensait peut-être que c'était indécent à cause de la différence d'âge. Mais, moi, je sentais dans son regard doux, dans ses gestes quelquefois maladroitement explicites, dans les mots tendres et affectueux qui s'échappaient de sa bouche sans qu'il en eût sans doute une conscience claire, quelque chose qui allait au-delà de la familiarité amicale. C'était de l'amour. Et moi aussi je l'aimais en retour sans oser l'inviter pour autant à épancher son cœur dans le mien.

J'avais deviné son talent exceptionnel. Il y a peut-être un musicien par siècle ou tous les cinquante ans comme lui, me disais-je. Le Ciel a choisi cette fois ce pays d'Extrême-Orient pour y envoyer un génie absolu qui s'appelle Ken Mizutani. Il est en pleine possession de son art, mais je pense qu'il pourrait aller encore plus loin. Il faut qu'il s'épanouisse dans son art. Malheureusement, la guerre se fiche éperdument de son talent. Pour elle, Ken n'est qu'un soldat parmi d'autres, censé être capable de tuer, de se sacrifier pour le prince suprême.

Dès que je suis sortie de l'état d'accablement extrême dans lequel m'a enfoncée notre séparation, j'ai pensé à la lettre de Ken. Il m'en avait fait le résumé. Mais je voulais entrer dans son cœur, connaître les plis et replis de son âme. J'ai donc décidé de la lire moi-même d'un bout à l'autre. Ce n'était pas une mince affaire, mais j'y suis arrivée, en m'aidant de temps à autre de mon dictionnaire. J'y ai retrouvé son portrait, son monde intérieur. Je n'ai pas pu achever la lecture de cette lettre sans être bouleversée dans tout mon être. Ken m'avait dit de la cacher quelque part, de la mettre en dépôt dans un endroit sûr où le regard inquisiteur de la Police militaire ne parviendrait pas. J'ai réfléchi un moment; et lorsque mes yeux se sont posés par hasard et furtivement sur l'étui noir contenant le Matteo Goffriller, *j'ai été frappée par une idée saugrenue mais tout à fait appropriée à la situation. Si je la cachais dans son Goffriller? En effet, quel est, pour les persécuteurs acharnés, le lieu le plus éloigné, le plus insoupçonnable, le plus inimaginable que l'intérieur d'un instrument à cordes? Ma décision était prise. Mais où, à quel endroit de l'instrument pouvais-je la mettre, et cela, bien sûr, sans nuire d'aucune façon à sa splendide et somptueuse sonorité? Il était hors de question de coller sur le fond ou sur l'envers de la table cette lettre manuscrite recto verso. Ça se verrait et ça perturberait la vibration.*

Finalement, après mûre réflexion, j'ai décidé de faire un trou dans le tasseau du bas pour y glisser la lettre. On me reprochera d'abîmer le chef-d'œuvre du luthier vénitien. Mais si, bien des années plus tard, on découvre que j'ai eu recours à cette solution extrême pour mettre en sécurité la vie d'un violoncelliste de génie, on me le pardonnera sûrement. Si, un jour, une fracture d'âme se produit sur le Goffriller – ce qui est tout à fait probable dans la vie d'un instrument à cordes –, un luthier ou une luthière sera obligé(e) de détabler l'instrument. C'est à ce moment-là, seulement à ce moment-là que l'existence de la lettre de Ken sera révélée au public, à un public mondial, universel, eu égard au caractère transnational de l'art de Matteo Goffriller, à un public en tout cas bien plus élargi que celui de ce petit pays d'Extrême-Orient.

Je suis donc passée à l'acte. J'ai détablé le Goffriller. Immédiatement, son nom m'est apparu : « Matteo Goffriller fecit Venetijis anno 1712 »*. J'en ai profité pour étudier les moindres détails de ce violoncelle exceptionnel. J'ai pris des mesures, j'ai pris des photos de l'intérieur, de chaque partie, de chaque coin et recoin, chaque jointure.*

Et enfin, à l'aide de différents ciseaux à bois, de canifs et d'une tarière, j'ai réussi à faire un trou profond dans le tasseau du bas. J'ai avancé à pas de tortue, avec la plus extrême précaution. J'ai mis deux journées entières pour arriver au bout de ma tâche. J'ai alors plié la lettre de Ken en quatre ; je l'ai enroulée pour l'insérer dans le trou. C'était parfait. À cet instant précis, j'ai eu un étrange sentiment : celui de me séparer de Ken pour la deuxième fois. J'ai alors pensé à faire une copie de sa lettre pour la garder avec moi, près de moi. Je l'ai recopiée manuellement : reproduire chaque lettre, chaque phrase de Ken, c'était un étrange geste d'apaisement. Ce travail de copiste terminé, j'ai eu une autre idée : celle d'accompagner la lettre de Ken de sa photo que j'avais prise lorsqu'il avait interprété la première Suite *le 3 avril au matin.*

Il ne me restait plus qu'à refermer le violoncelle. Machinalement, j'ai dit au revoir à Ken qui, désormais, se cachait dans le trou. Puis, j'ai recollé la table d'harmonie. J'ai laissé passer vingt-quatre heures ; et j'ai essayé de faire résonner l'instrument. Le Goffriller de 1712 ne me semblait pas avoir perdu d'un iota sa merveilleuse capacité de vibration sonore. Ainsi, après cette intervention, le Goffriller de 1712 a-t-il retrouvé son corps parfait, sa belle apparence initiale.

Il faudra que j'aille à Genève pour restituer le Goffriller à la fondation Lorenzetti avant juin 1946 au cas où Ken ne reviendrait pas avant cette date. Tôt ou tard, je dois donc me séparer de cet instrument qui est maintenant comme le substitut de Ken, son ombre pour ainsi dire. Je me dis aussi que ce sera peut-être l'occasion de rentrer en France après plus de dix années de Japon. J'étais dans cet état d'esprit où se mêlent à l'envi doutes, inquiétudes, interrogations, lorsque j'ai appris le décès de Ken.

J'étais épisodiquement en relation avec son père qui allait régulièrement à Karuizawa en raison de son travail à l'école pour les enfants étrangers. Le 17 mai, dans l'après-midi, je l'ai rencontré dans une rue commerçante où j'ai l'habitude de m'approvisionner. Il m'a reconnue et hélée. En accourant auprès de moi, il m'a dit de but en blanc : « J'ai reçu l'autre jour l'annonce de la mort de Ken. » Il avait l'air complètement abattu. Son visage non rasé depuis trois ou quatre jours accentuait son accablement. À ses mots, je me suis évanouie sur place. Lorsque, quelques instants plus tard, la joue tapotée par M. Mizutani qui tenait un verre d'eau, je suis revenue à moi, j'étais assise sur une chaise devant un magasin de bibelots. Une voix d'homme a parlé près de mon oreille : « Ça y est, ça va mieux maintenant ! » Consciente de ce qui m'avait plongée dans cet état, j'ai couvert mon visage de mes mains en sanglotant. Enfin, j'ai eu le courage de me lever. J'ai remercié M. Mizutani et lui ai dit avant de le quitter : « Ne vous inquiétez pas pour son instrument, je m'en occupe. Je le ramènerai en Suisse. »

Aussitôt rentrée chez moi, je me suis enfermée dans ma chambre comme si je fuyais le monde. Je me suis allongée sur mon futon, ou plutôt notre futon. Là, j'ai passé plusieurs heures vides dont je n'ai gardé aucun souvenir excepté celui de notre nuit d'amour qui me revenait sans cesse : la sensation de son corps, ses caresses, ses sourires, ses mots, la chaleur moite de nos étreintes. Le reste de la journée s'est déroulé comme dans un rêve. Je ne me souviens de rien.

Le lendemain, en me levant, j'ai été secouée par une violente nausée, tout à fait inhabituelle. « Je porte peut-être un enfant de Ken », me suis-je dit. Dans la foulée, je suis allée voir un gynécologue à Karuizawa. Il m'a confirmé ma grossesse. Une joie indicible m'est montée à la gorge du plus profond de mon corps et de mon âme. La nuit venue, assise dans le fauteuil où Ken s'était installé ce soir-là, j'ai réfléchi à l'avenir, au temps que je devais traverser, aux jours et aux mois qui m'attendaient. Faut-il laisser la lettre de Ken dans le Goffriller, maintenant qu'il n'est plus de ce monde ? Telle était la première question que je me suis posée. Oui, bien sûr, il faut la laisser dans ce trou ; il y avait un tel phénomène de fusion entre lui et son Goffriller que je peux bien laisser dans le corps de celui-ci le signe des derniers éclats de la vie de mon ami violoncelliste.

L'année prochaine, lorsque j'aurai mis au monde notre enfant, j'irai à Genève avec lui, au plus tard au mois de juin, pour rendre le Goffriller à la fondation Lorenzetti. Je rentrerai en France – chez mes parents en attendant une meilleure solution – pour élever cet enfant tout en poursuivant mon travail de luthière. C'est à ce moment-là, au moment précis où j'ai embrassé l'horizon de mon avenir à la fois personnel et professionnel, que j'ai pris une décision qui me surprend moi-même par son caractère audacieux : j'ai décidé de faire une copie aussi fidèle que possible du Matteo Goffriller de 1712. Cette idée m'a rendue presque joyeuse. J'allais m'adonner à un travail à la fois de titan et de bénédictin qui me permettrait d'avoir toujours auprès de moi les souvenirs peu nombreux mais d'une densité existentielle étourdissante de Ken Mizutani, un jeune violoncelliste japonais qui a laissé dans le firmament musical mondial l'empreinte indélébile de son génie.

Dans l'attente des bois commandés à des fournisseurs japonais que je connais bien – épicéa, érable, ébène –, je me projetais dans mon travail à venir en scrutant de près le Goffriller, en regardant inlassablement les photos de son intérieur que j'avais prises lors de son détablage.

Compte tenu de la situation, je craignais que les marchandises tardent à venir. Mais, à ma grande surprise, je les ai eues toutes au bout d'une quinzaine de jours. C'était inespéré. Ainsi est-ce au tout début du mois de juin que j'ai enfin pu me mettre à ce travail qui était devenu la priorité absolue. J'étais presque exaltée. J'avais du temps, ce n'était pas la peine de me presser. L'important, c'était de franchir chaque étape de la fabrication du violoncelle avec la plus grande attention et sans la moindre négligence. Je travaillais tous les jours de neuf heures à midi, de quatorze heures à dix-sept heures. Le reste du temps, je me reposais, je me promenais, j'essayais de manger le mieux que je pouvais en pensant au bébé qui grandissait, et j'écoutais la radio pour me mettre au courant de ce qui se passait dans ce pays et dans le monde. Trois fois par semaine, j'allais à Karuizawa faire les courses. Et c'était l'occasion de rencontrer certains étrangers, le correspondant d'un journal français, un prêtre italien, une religieuse-enseignante américaine, pour recueillir des nouvelles autres que de source japonaise. C'est ainsi que je savais ou plutôt devinais que le Japon allait de débandade en débandade un peu partout. Je me disais que la fin de la guerre était proche…

Depuis les bombardements massifs du 10 mars à Tokyo, du 12 à Nagoya, du 14 à Osaka, les raids américains se multipliaient, tandis que depuis le début avril, les îles d'Okinawa semblaient être le théâtre de combats sanglants. En juin, des villes de province de taille moyenne étaient devenues la cible de bombardements. Ainsi, Kofu, la préfecture du département de Yamanashi, non loin d'ici, a été attaquée début juillet. Tout indiquait que ça allait mal, très mal. L'ultimatum de Potsdam signé le 26 juillet – je l'avais appris du journaliste français précité – sommant le Japon de capituler sans condition n'avait pas l'air d'avoir un effet tangible immédiat. Les raids aériens se poursuivaient tous les jours ; et le 6 août vers huit heures du matin, ce jour que l'humanité devrait mémoriser pour l'éternité, une bombe de type nouveau a explosé dans le ciel d'Hiroshima ; trois jours plus tard, le 9 août, vers onze heures, une autre bombe de type nouveau a détruit la ville de Nagasaki. Toutes ces vies anéanties, tous ces hommes, toutes ces femmes, tous ces enfants, tous ces animaux tués et carbonisés dans l'instant, bref, les deux villes entièrement rasées, rayées de la carte par les bombes atomiques : cet enfer sur terre, malgré le ton rassurant de la presse qui, dans un premier temps, parlait de « certains dégâts » ou de « dégâts minimes », a inévitablement accéléré l'Histoire pour aboutir à la capitulation sans condition.

Pendant tout ce temps-là, en souhaitant que la PAIX *arrive le plus tôt possible, en songeant à l'inscription latine –* « In terra pax hominibus bonae voluntatis. Dona nobis pacem » *– qui avait si profondément ému Ken, en ravivant le souvenir de la musique de Bach et de Beethoven, je ne me préoccupais que de deux choses : d'une part, protéger la vie que je portais en moi en me nourrissant le plus correctement possible – ce qui n'était pas chose aisée – et d'autre part faire avancer la fabrication de la copie du Matteo Goffriller de 1712, ce violoncelle hors norme qui, sans nul doute, conservait dans le secret de la mémoire de ses vibrations tout l'art de Ken, toute sa technique pour le faire résonner.*

Je continuais à m'occuper de mon violoncelle malgré l'angoisse innommable qui m'habitait depuis que j'avais appris les conséquences apocalyptiques des deux explosions atomiques. Et c'est dans la prise de conscience tremblante d'une ère nouvelle placée sous le signe maléfique du nucléaire que j'ai appris la fin de cette maudite guerre d'invasion coloniale et impérialiste qui a emporté tant de vies – dont celle de Ken – dans des pays d'Asie comme dans ce pays. J'ai vécu le 15 août avec soulagement. « À partir de demain, il n'y aura plus de raids dévastateurs ! » me suis-je dit avec une joie secrète en mon for intérieur. Ajouterais-je à cela que certains étrangers, comme le correspondant français de Karuizawa, ont vécu ce jour-là avec stupéfaction *? En effet, les Japonais, qui, tout au long de ces dernières années, parlaient volontiers de « suicide collectif » plutôt que de « capitulation » et qui considéraient les Occidentaux avec méfiance, voire avec hostilité, ont changé radicalement d'attitude à leur égard pour aller jusqu'à les saluer avec de larges sourires. Mais moi, à l'écart de ces Japonais versatiles et près de quelques personnes comme le père de Ken, je n'ai pas été le témoin de cette métamorphose qui s'était opérée en un tournemain.*

À la mi-août, mon violoncelle avait pris forme. En deux mois et demi, j'étais parvenue à monter toutes les pièces faites selon les mesures exactes que j'avais relevées lors du détablage du Goffriller. Mon violoncelle, tout blanc encore sans le vernis, était beau à regarder. Je devais passer à présent au vernissage. Je voulais que la couleur de mon violoncelle ressemble le plus possible à celle de son modèle, quoique, d'après moi, la couleur du vernis n'affecte pas fondamentalement la qualité sonore de l'instrument. J'ai essayé de composer mon vernis en imaginant le procédé de Goffriller et en m'efforçant de faire de mon œuvre une sorte de sosie du Goffriller de 1712, j'ai répété le vernissage une cinquantaine de fois tout en procédant de temps en temps au polissage. Ainsi, vers le milieu du mois d'octobre 1945, le violoncelle que j'avais souhaité comme le double du Goffriller de 1712 et, par conséquent, comme le double aussi de Ken Mizutani, était terminé. Il venait de quitter mes mains ; il était flambant neuf, plus brillant de son vernis fraîchement appliqué, par rapport à son modèle, mais ils se ressemblaient comme deux gouttes d'eau, comme deux frères jumeaux, comme deux ombres d'homme, étant donné leur couleur commune : un mélange de rouge et de noir.

Devant mon violoncelle fini, je me suis laissé entraîner par le flot des souvenirs des six derniers mois, du 2 avril à aujourd'hui. J'ai pensé à Ken. Puis, j'ai pensé à l'enfant qui vivait en moi. Tout à coup, je me suis demandé quel prénom j'allais lui donner. Si c'est un garçon… si c'est une petite fille… Je suis allée chercher mon petit dictionnaire de kanji *dans ma chambre. « Il faut que cet enfant conserve d'une façon ou d'une autre la mémoire de son père… », me suis-je dit. Ce qui me lie à Ken à présent, c'est le souvenir de la merveilleuse sonorité qu'il arrivait à créer sur son violoncelle… Merveilleuse sonorité. En cherchant les idéogrammes exprimant cette idée, je suis parvenue aux suivants :* 麗音. *Le premier (*麗*) traduit l'idée de* beauté, *tandis que le second (*音*) – qui se prononce « on » ou « né » – exprime celle de* son *ou de* musique. *Ça se prononce donc soit « Léi-on » soit « réi-né ». En japonais* *la différence phonétique entre le son « l » et le son « r » n'est pas pertinente. C'est du pareil au même. Ou plutôt, faudrait-il dire plus exactement que le son « r » n'existe pas ? « Léi-on » ou « réi-né »... En tout cas, « Léi-on » ou « réi-né », ça me paraît très bien. Si j'ai un garçon, je l'appellerai Léon et si c'est une petite fille, elle s'appellera Reine ! J'ai regardé mon ventre proéminent et je lui ai murmuré : « Tu t'appelleras Léon ou Reine... La décision sera prise quand on fera connaissance... »*

C'est à ce moment-là que je me suis rendu compte que je n'avais pas pensé à donner un nom à mon violoncelle.

J'ai donc cherché un nom. L'idée de reprendre le mot latin « pax » *m'est venue tout de suite. Après quelques minutes de réflexion, j'ai opté pour* « Pax animae », *la paix de l'âme. Dans un monde où la raison s'égarait au profit du déferlement du fanatisme, où les libertés fondamentales, la liberté de pensée, la liberté d'expression et la liberté de conscience, étaient bafouées, l'âme souffrait, criait et, finalement, se brisait. Ken, à n'en pas douter, recherchait la paix de l'âme. J'ai préparé une étiquette écrite à la main : « Je vais la coller sur le fond près de l'âme justement, me suis-je dit, mais du côté du tasseau du bas, pour qu'elle puisse signaler ses origines à la postérité. »*

J'ai détablé mon violoncelle alors qu'il venait d'être achevé. J'ai fixé sur le fond mon étiquette. Au moment où j'allais recoller la table d'harmonie, ce geste m'a fait penser à ce que j'avais fait dans le Goffriller quelques mois auparavant. Mes yeux se sont portés sur le tasseau du bas, puis sur la notice que je venais tout juste de coller.

Une idée est née... subitement comme une illumination, celle de creuser le tasseau du bas, exactement comme je l'avais fait pour le Goffriller, afin d'y glisser la présente note.

Mais cette note est beaucoup trop longue ; je ne pourrais pas la mettre dans le trou. Elle trouvera sa place ailleurs.

Dans la cachette, je vais donc déposer une courte notice qui précise que le Pax animae *est dédié à Ken. Je vais laisser aussi une copie manuscrite de la lettre de Ken et la photo avec les animaux qui a immortalisé l'instant du départ de Ken.*

J'ai écrit les lignes qui précèdent pour accompagner cette stèle particulière qu'est le Pax animae, un violoncelle-cénotaphe, *que j'ai édifiée pour graver la vie si courte de Ken Mizutani dans la longue mémoire des hommes et des femmes.*

Du 18 au 21 octobre 1945
Hortense Schmidt

GIGUE

(2017)

36

Le 19 octobre 2017, à six heures et demie du soir, dans la loge d'artiste du Bunka Kaïkan (Centre culturel) de Tokyo à Ueno, Guillaume Walter s'apprêtait à affronter la première soirée de son récital consacré à l'intégrale des *Suites pour violoncelle seul* de Jean-Sébastien Bach. La salle, qui compte six cent cinquante-neuf places, était pratiquement pleine. Jacques Maillard était assis vers le milieu du sixième rang, assez près de la scène. Il avait l'allure d'un patriarche avec ses cheveux blancs un peu longs ; il était habillé d'un costume anthracite classique sans cravate et portait des lunettes à monture fine avec une chaînette dorée. À côté de lui, à sa gauche, était assise Pamina Schmidt habillée d'un ensemble de couleur parme avec, autour du cou, une écharpe en soie au motif floral dans les mêmes coloris. Le programme à la main, ils conversaient à voix basse. On les aurait pris facilement pour un père et sa fille ou un grand-père et sa petite-fille, si l'on n'avait pas prêté attention au physique européen de la jeune femme contrastant avec celui, parfaitement asiatique, du vieil homme. De temps à autre, celui-ci jetait un regard vers deux dames âgées en kimono, aux cheveux argentés, placées l'une à côté de l'autre, au troisième rang.

— Elles sont là, dit Jacques à voix basse à l'oreille de Pamina.

— Elles n'arrêtent pas de parler...

Une voix de femme sortant des haut-parleurs demanda au public d'éteindre les téléphones portables.

Les deux dames âgées en kimono se retournèrent et envoyèrent à Jacques et Pamina un signe de la main, accompagné d'un large sourire. Le luthier et la luthière en firent autant.

La lumière de la salle baissa. Le brouhaha s'estompa brusquement. Quelques dizaines de secondes après, Guillaume Walter, vêtu d'une chemise de soie gris foncé en harmonie avec son pantalon noir, apparut sur scène dans une salve d'applaudissements, tenant son violoncelle rouge cerise sombre. Il salua le public en faisant une profonde courbette. Puis il s'installa. Il ferma les yeux une bonne dizaine de secondes. Après avoir profondément respiré en dirigeant son regard vers le haut, il posa délicatement son archet sur les cordes.

Une musique profonde, tout intérieure, émergea du silence de la salle. Les auditeurs retenaient leur souffle. D'emblée, à travers un déploiement olympien de sons graves, la musique de Bach créait un monde intérieur, sincère, authentique, celui d'un homme qui réfléchit, qui aspire à l'être universel en dialoguant avec lui-même. Elle avançait à un rythme singulièrement lent, imperceptiblement mouvant, parfois volontairement changeant, comme la voix grave d'un moine prononçant une longue et intense prière sans paroles, secouée de temps à autre par une émotion forte montant des profondeurs de son cœur. L'ampleur et la somptuosité des sons émanant des quatre cordes semblaient élargir l'espace environnant comme si, tout à coup, la salle de concert se transformait magiquement en une église romane douée d'une acoustique flamboyante. L'interprète appuyait intentionnellement les notes les plus graves, les traînait quelque peu comme pour suggérer à la fois l'intensité de la présence de l'homme au monde, et la profondeur insondable de sa tristesse face à un spectacle affligeant. Guillaume Walter montrait par l'enfilade de notes montantes et descendantes, par la variation du rythme, par l'intensité croissante ou décroissante, par la diversité des couleurs acoustiques, toute l'intériorité réfléchie de l'homme européen du XVIIIe siècle qui s'éveille à la liberté, qui décide de prendre en main son destin, son présent tout autant que son avenir, bref la totalité de sa vie. La musique, sortant de l'instrument rouge sombre à la limite du noir, reflétant la lumière projetée d'en haut, s'élevait progressivement vers une région du monde éthérée, au-dessus des nuages qui assombrissent pays et terres où l'homme a encore tant de mal à en finir avec les injonctions du dehors, à accepter tels quels les désirs émanant de son corps et de son cœur. Le musicien accélérait, ralentissait, accentuait, atténuait, intensifiait, diminuait. Il se mouvait ainsi en toute liberté dans le vaste monde que faisaient apparaître, dans les limites restreintes de l'espace de la petite salle d'Ueno, les multiples notes de Bach qu'il recréait et chantait par le truchement de son instrument. Tantôt il semblait regarder tendrement son violoncelle comme une mère regarderait son enfant batifoler dans un bac à sable, tantôt il jouait, les yeux fermés, en tournant la tête vers sa droite, serrant son violoncelle comme s'il l'embrassait passionnément.

La musique de Jean-Sébastien Bach avançait ainsi tel un homme solitaire marchant dans les ténèbres, un flambeau à la main éclairant le chemin qui s'ouvrait devant lui. Et chacun des auditeurs suivait cet homme solitaire dans un acte d'adhésion muette à sa démarche lente, altière, souvent résolue, quelquefois sautillante, parfois hésitante et chancelante. Ainsi, dans les trois premières *Suites* jouées ce soir-là, passait-on du « Prélude » à l'« Allemande », de l'« Allemande » à la « Courante », de la « Courante » au « Menuet » ou à la « Bourrée », du « Menuet » ou de la « Bourrée » à la « Gigue » comme dans une longue promenade d'introspection ponctuée de haltes bienfaisantes. Allant du majeur au mineur, pour revenir au majeur, chacun semblait invité à expérimenter les émotions humaines pliées plusieurs fois d'une façon complexe et vertigineusement variée.

Enfin, après environ une heure de plongée méditative dans un univers musical qui semblait placer dans son centre non pas Dieu mais l'homme de la nature dans toute sa volonté d'être *libre* en tant qu'être pensant, en tant qu'être sentant, Guillaume Walter attaqua la « Gigue » de la troisième *Suite*. L'homme solitaire du début, marchant dans les ténèbres un flambeau à la main, s'était métamorphosé en jeune homme athlétique courant d'un pas agile, léger, confiant, insufflé par un élan vital qui ne faiblissait jamais, sûr de son chemin, heureux de dessiner par sa course même une belle trajectoire de vie. L'archet du violoncelliste bougeait rapidement et énergiquement de haut en bas, de bas en haut et lorsque, dans une fulgurance de mélodies et de rythmes, l'archet se détacha définitivement des cordes, les applaudissements éclatèrent.

Guillaume fut rappelé sur scène quatre fois. Quand il revint devant le public pour la dernière fois, il était accompagné d'une jeune fille qui traduisit en japonais ce qu'il dit :

— Merci beaucoup d'être venus si nombreux. Le récital n'est pas encore terminé. J'espère vous retrouver ici, demain, à la même heure, pour la seconde partie de l'intégrale des *Suites*. Bonne soirée !

Le musicien disparut dans les coulisses. Un groupe d'admirateurs continuaient encore à applaudir, tandis que les autres spectateurs se dirigeaient lentement vers le hall dans un brouhaha de conversations ininterrompues. Jacques et Pamina, manifestement ébranlés par la musique de Bach recréée par leur ami violoncelliste, se dirigèrent, sans rien se dire, vers la loge de l'artiste.

Jacques frappa à la porte. Guillaume, assis sur une chaise, ruisselant de grosses gouttes de sueur, était exténué, à cause de la concentration extrême qu'une œuvre telle que les *Suites* de Bach exigeait de l'interprète. Dans cette longue marche à travers la forêt *bachienne*, veiller à chacun de ses pas tout en essayant de ne pas perdre de vue la chatoyante variété des paysages environnants était une entreprise nerveusement usante, réellement épuisante. Jacques, le visage épanoui de joie, s'approcha du musicien ; puis il posa ses mains sur les épaules de son ami à l'instar d'un masseur professionnel sur le point de commencer sa séance, tandis que Pamina rangeait dans son étui le Goffriller posé sur un grand canapé.

— Pamina connaît très bien la partition de Bach,

murmura Jacques d'une voix enjouée. Elle se mettait à ta place, ou plutôt à la place du violoncelle que tu prenais dans tes bras. Du coup, elle est épuisée elle aussi !

Pamina rougit légèrement, puis fit signe à Jacques pour l'inciter à laisser Guillaume se changer.

— Voulez-vous que je prenne la partition ? Vous ne la regardez pas au concert, mais vous ne vous en séparez jamais, dit Pamina sur le ton d'une complicité amicale.

Guillaume se contenta de lui envoyer un sourire étincelant.

37

Quelques mois plus tôt, vers le milieu d'avril 2017, Guillaume Walter reçut un appel téléphonique de Paul Lamy, qui voulait le rencontrer. Le détective s'était rendu au Japon pour travailler avec l'aide de deux collègues japonais parlant couramment l'anglais. Du côté de Ken Mizutani, l'enquête s'était révélée relativement facile. Dans les archives de l'Université des beaux-arts et de la musique, anciennement l'École nationale de musique, Paul Lamy avait trouvé nombre de renseignements sur ce génie du violoncelle. Il avait découvert, entre autres, que la petite sœur de Ken Mizutani, Mme Rin Miyaké, âgée de quatre-vingt-trois ans, était toujours en vie et qu'elle vivait aujourd'hui seule à Tokyo, non loin de la maison d'une de ses deux filles, après la disparition de son époux. Lorsque Paul Lamy avait rencontré cette dame vêtue d'un très beau kimono à motifs floraux pour lui parler de la raison de sa démarche, elle avait été bouleversée par l'évocation soudaine de son grand frère soixante-douze ans après sa mort qui était restée comme une blessure inguérissable. Après avoir brièvement évoqué sa vie tant sur le plan professionnel que sur le plan personnel, Mme Miyaké avait été tout naturellement amenée à parler de son père, Goro Mizutani. Celui-ci, anéanti par la disparition de son fils Ken, avait été emporté peu de temps après par une maladie foudroyante. Cette ancienne professeure de français et de latin avait donné au détective français sa carte de visite et son adresse email, en insistant sur le fait qu'elle tenait absolument à rencontrer Guillaume Walter pour le remercier et surtout pour en savoir davantage sur son frère.

— Elle parle le français assez couramment, signala Paul Lamy. Et elle consulte tous les jours sa messagerie.

— C'est inespéré ! Merci beaucoup, monsieur Lamy. Je suis incapable de faire des phrases en latin, je vais donc lui écrire en français ! dit Guillaume Walter d'une voix joviale.

En tournant une page de son dossier, le détective poursuivit.

— Quant à l'autre personne, poursuivit Paul Lamy, ça a été plus difficile.

En effet, retrouver une personne dont on ne connaissait que les initiales avait été fort compliqué et difficile pour l'enquêteur. Sans l'aide efficace et dévouée de ses collègues japonais, Paul Lamy ne serait certainement pas parvenu au but. Selon le détective français, celui qui avait gravé ses initiales R.K. sur le fameux banc était un certain Ryo Kanda qui vivait dans les années 1940-1945 à Shi-na-no-Oï-wa-ké. Paul Lamy avait pris le soin de ne pas défigurer le toponyme en séparant nettement les syllabes les unes des autres. Le détective avait pu remonter le temps jusqu'à l'époque de la jeunesse estudiantine de

Ryo Kanda. Celui-ci avait fait des études de médecine à l'Université impériale de Tokyo et était devenu médecin de campagne dans ce bourg. Mais ce qui avait impressionné Paul Lamy, qui avait pu consulter les archives de l'université, c'était la culture proprement encyclopédique de cet homme dont l'intérêt s'étendait, au-delà de la science médicale, à tous les domaines du savoir aussi bien qu'aux langues et à l'art en général – musique, peinture, cinéma.

— Il avait un fils et une fille. Le fils, Tetsu, est mort en 1945 peu de temps après son incorporation au régiment. Et il semblerait que Ryo Kanda lui-même ait été tué par le régime fasciste de l'époque… En tout cas, pas de trace de lui après son arrestation en 45. On ne sait même pas s'il a été jugé… Disparition dans les ténèbres de l'Histoire.

Paul Lamy informa Guillaume que la sœur de Tetsu était toujours vivante, et qu'elle vivait à Aix-en-Provence sous le nom d'Aki Ricard. Aki Kanda, vivant en France depuis l'âge de vingt-trois ans, avait fini par épouser un certain M. Ricard dont elle s'était séparée quelques années plus tard. Mais elle avait conservé ce nom d'usage dans la vie de tous les jours.

— Elle est née en 1934. Elle a donc quatre-vingt-trois ans comme l'autre dame. C'est une écrivaine, essayiste, j'ai l'impression, assez connue. Voici ses coordonnées postales et son adresse email. Bien entendu, j'ai fait part à Mme Ricard de ce qui vous avait poussé à entreprendre cette recherche. Elle serait heureuse de faire votre connaissance.

Paul Lamy remit à Guillaume un gros classeur bleu contenant tout le dossier.

Guillaume Walter remarqua que le détective privé était absorbé dans ses pensées. Cette enquête avait-elle mis en branle un souvenir personnel ou familial mal cicatrisé ?

Quinze jours plus tard, Guillaume alla voir Jacques et Pamina dans leur atelier.

Le violoncelliste sonna. La porte s'ouvrit. Le visage souriant de Pamina dans la belle lumière du matin l'accueillit. Jacques était encore dans son appartement. Guillaume profita de ce moment seul avec Pamina pour lui demander de but en blanc si Jacques supporterait un long voyage au Japon. La luthière, étonnée de cette question inattendue, lui répondit que Jacques allait bien malgré quelques soucis de santé propres à son grand âge. Serait-il capable de faire un voyage d'une vingtaine d'heures de porte à porte ? Elle n'en savait rien. Elle ajouta toutefois que récemment, invité par des collègues portugais, il avait eu le courage d'aller à Lisbonne. Mais c'était la porte à côté, comparé à Tokyo.

Ils s'assirent auprès de la table basse ovale. Enfin, Jacques vint les rejoindre.

Un peu tendu, Guillaume prit la parole sur un ton quelque peu cérémonieux.

— Chers amis, j'ai un récital à donner à Tokyo en octobre. Je vais jouer en deux soirées l'intégrale des *Suites pour violoncelle seul* de Bach. Je me demandais si vous ne pourriez pas m'accompagner... C'est un défi que je me lance à moi-même. Je n'ai jamais joué jusqu'à présent l'intégrale des *Suites* en public. Ce sera la première fois... Maintenant que je connais l'histoire de Ken Mizutani et d'Hortense Schmidt qui se cristallise autour du Matteo Goffriller de 1712, je ne peux pas ne pas vous convier à cette aventure tout autant musicale que spirituelle… Qu'en pensez-vous ?

Un long silence d'émotion ou d'embarras s'installa. Regardant du coin de l'œil sa jeune collaboratrice, Jacques devinait une petite agitation de cœur qui se propageait en elle. Pamina se sentait sans doute écartelée entre son désir d'accompagner Guillaume à Tokyo et la peur d'imposer à Jacques le supplice d'un long voyage en avion.

— Puis, ça se passe à Tokyo, au Japon, ce qui ne peut pas vous laisser indifférents certainement…

Un ange passa.

— Jacques, qu'est-ce que tu en penses ? demanda Pamina d'une petite voix, imperceptiblement tremblante.

— C'est… très tentant évidemment, mais est-ce que je vais supporter un voyage aussi long ? Je me souviens de mon dernier voyage au Japon avec Hélène… Dix ans déjà…

Le luthier semblait absorbé dans une pensée triste et muette qui l'arrachait à *l'ici-et-maintenant*. Une multitude d'images d'Hélène surgissaient des diverses couches de sa mémoire, de toutes les époques de son existence de Mirecourt à Paris en passant par Crémone.

« Mais il est impossible, pensait Jacques, de revoir toutes les images d'Hélène, de tous les instants de ma vie avec elle pendant plus de soixante ans. Ça reviendrait à revivre toute une vie. Non, la vie n'est pas une *revie*… Au contraire, c'est perdu à jamais… »

Jacques bredouillait tout seul, Pamina en fut troublée. Inquiète, elle lui demanda s'il allait bien.

— Un voyage à Tokyo..., dit Jacques comme s'il se réveillait d'une longue rêverie. Aller à Stockholm ou à Lisbonne, ça va encore. Mais Tokyo, c'est le bout du monde !

— Tu peux voyager en classe affaires, Jacques.

— Il n'y a pas que le voyage. J'ai peur d'être un poids pour vous... Mais toi, Pamina, tu peux y aller. C'est l'occasion ou jamais de connaître le pays de ton grand-père ! Le pays où Hortense l'a rencontré, le pays où elle a fabriqué le *Pax animae*... Tu n'as jamais été au Japon. Il ne faut pas manquer cette occasion ! Ma présence n'est pas indispensable.

— Si, répondirent en chœur Pamina et Guillaume.

— *Primo*, tu as traduit en français la lettre de Ken, poursuivit Pamina. Et c'est grâce à ta traduction que nous pouvons connaître le contenu de sa lettre... *Secundo*, c'est quand même sous ton regard bienveillant que je me suis occupée du Goffriller de 1712 et du *Pax animae* de ma grand-mère !

— Alors, Jacques, tu te décides ? J'ai une amie qui est allée aux États-Unis avec son père de cent trois ans ! À côté de ce monsieur, tu es encore un jeune homme ! Tu ne t'occupes de rien. Je pars quelques jours avant vous, histoire de m'acclimater là-bas, de me débarrasser du décalage horaire, etc. Toi, tu voyages avec Pamina, tranquillement. Vous êtes d'accord, Pamina ?

— Absolument.

À une telle insistance de la part de sa collaboratrice qui était désormais comme sa fille plutôt que sa disciple, Jacques n'opposa plus de résistance.

C'est ainsi que Jacques et Pamina entreprirent le voyage à Tokyo afin d'assister au récital de Guillaume Walter.

Par un après-midi ensoleillé de mi-octobre, ils furent accueillis à l'aéroport de Haneda par le violoncelliste arrivé au Japon une semaine auparavant. Le récital devait avoir lieu le surlendemain. Ils se rendirent tous les trois en taxi à l'hôtel situé dans le quartier d'Ueno, non loin du Bunka Kaïkan.

Guillaume les laissa s'installer chacun dans sa chambre. Une demi-heure après, il les invita à boire un verre au bar. Il leur dit sur un ton jovial en se frottant les mains l'une contre l'autre :

— Je suis content que vous soyez là !

— Nous aussi. Puisque nous allons assister à un récital historique ! répondit Jacques en envoyant un clin d'œil au violoncelliste.

Il était un peu moins de dix-huit heures. Guillaume leur fit part de ses impressions sur Shinano-Oïwake qu'il avait visité une semaine auparavant, dès le lendemain dc son arrivée, sur le mont Asama qu'il voyait de son auberge de Naka-Karuizawa, sur ce qu'il avait vu en allant à pied de Naka-Karuizawa à Shinano-Oïwake : une multitude de maisons de campagne plus ou moins cossues au milieu d'arbres aux branches feuillues, un musée d'histoire et d'art populaire, la maison de l'écrivain Tatsuo Hori, auteur de *Le vent se lève*, transformée en musée, un gros ruisseau qui serpentait à travers des herbes abondantes et des massifs d'arbustes. Au bout de vingt minutes, voyant qu'ils avaient terminé leur boisson, remarquant par ailleurs des signes de fatigue sur leurs visages, il leur proposa de prendre un dîner léger et d'aller vite se reposer.

Après le dîner, il les quitta pour aller travailler dans la salle de répétition du Bunka Kaïkan.

— Je vous donne rendez-vous demain après-midi à quatre heures dans le hall de l'hôtel. Vous serez attendus par deux personnes qui tiennent absolument à vous saluer. Reposez-vous bien !

Guillaume sortit de l'hôtel et disparut parmi la foule.

Le lendemain, lorsque Jacques et Pamina descendirent dans le hall à l'heure du rendez-vous, ils remarquèrent tout de suite Guillaume en train de converser avec deux dames âgées. L'une portait un kimono bleu foncé avec un *obi*, une ceinture large décorée de motifs d'érables rouges et jaunes ; l'autre un kimono marron clair assorti d'un *obi* orné de fleurs de camélia blanches. Les deux luthiers se rapprochèrent d'eux. Tous les trois se levèrent de leur fauteuil.

— Bonjour, dit Jacques à la cantonade.

Il serra la main de Guillaume. Puis, il fit une courbette aux deux dames en leur adressant un bonjour en japonais d'une voix plus grave que lorsqu'il parlait en français : « *Kon-nichi-wa* ». Quant à Pamina, qui ne voyait pas à qui elle avait affaire, elle se contenta de leur souhaiter courtoisement le bonjour.

— Je vous présente Jacques et Pamina dont je vous ai parlé.

Les deux dames âgées leur lançaient un regard ému à travers leurs lunettes.

— Je m'appelle Rin Mizutani, la petite sœur de Ken.

— Moi, je m'appelle Aki Kanda, la fille de celui qui a gravé les mots latins sur le banc...

Pamina, frappée de stupeur et comme pétrifiée, se tourna vers Jacques sans pouvoir prononcer un seul mot.

— Quelle joie de vous connaître, Pamina-*san* ! dit Rin dans un français tout à fait correct, mais en ajoutant au prénom de son interlocutrice le suffixe japonais *san* chargé d'affection et de sympathie. Je suis donc votre grand-tante ! Nous avons mis du temps à nous retrouver !

Il y avait du frisson dans la voix de Rin. Pleine d'émotion, elle sortit de l'ample manche de son kimono un mouchoir d'une blancheur bleuâtre. Quant à Pamina, elle ne pouvait rien faire d'autre que de prendre les mains de Rin dans les siennes. Quelques instants après, cependant, elle serra sa grand-tante dans ses bras. Toutes les deux restèrent un long moment dans cette étreinte hors du temps.

En reprenant la main de sa grand-tante, Pamina fit un pas vers Aki Kanda.

— J'aurais vraiment aimé rencontrer votre père comme j'aurais aimé connaître mon grand-père... Je n'ai jamais haï comme aujourd'hui le Temps qui sépare les êtres.

— Comme je vous comprends ! répondit Aki dans un français sans la moindre trace d'accent. Mais le Temps, parfois, suscite aussi des retrouvailles comme celles-ci. Rin est là à la place de Ken ; je suis là à la place de mon père que Ken n'a pas pu connaître. Et vous, vous êtes là pour faire revenir Hortense. N'est-ce pas formidable ? Vous êtes là finalement pour nous unir tous. Dans ce « vous », il y a bien sûr vous, Pamina, mais Guillaume et Jacques aussi, vous trois unis par la musique... Ça ne m'étonnerait pas que Ken, Hortense, Ryo et peut-être mon frère Tetsu aussi soient par là pour assister à nos improbables *retrouvailles*. Leurs ombres sont là, parmi nous…

La voix d'Aki Kanda tremblait. Elle était un peu éraillée, mais on ne savait pas si elle l'était à cause de l'émotion ou si elle était naturellement empreinte de cette sorte de crépitement discret. Lorsqu'elle eut fini de parler, elle se retourna comme si elle ressentait la présence des absents.

Il y eut un trou de silence.

— Je crois que c'est le moment d'aller fêter cet événement, déclara Jacques retrouvant sa voix française. Tu ne crois pas, Guillaume ?

— Si, si. C'est un peu tôt pour aller au restaurant. Mais on y va. C'est tout près d'ici.

Guillaume ouvrit la porte de sortie pour laisser passer toute la compagnie.

— Merci pour tout ça, Guillaume, dit Pamina d'une voix attendrie. Quand est-ce que vous avez eu cette idée folle de chercher la famille de Ken et celle du scripteur des mots latins ?

— Quand on m'a proposé de jouer à Tokyo. J'ai eu tout de suite cette idée. Grâce à vous, je venais de connaître toute l'histoire de mon Goffriller et le lien indestructible qui l'unit au *Pax animae* de votre grand-mère…

— Merci Guillaume. Je n'ai pas de mot pour vous remercier.

Pamina, spontanément, embrassa Guillaume sur les joues.

38

La petite salle du Bunka Kaïkan de Tokyo était pleine à craquer. En attendant le début du récital, quelques groupes de spectateurs, debout çà et là, parlaient des trois premières *Suites* qu'ils avaient entendues la veille. Il régnait une atmosphère particulièrement chaleureuse comme si l'impatience enthousiaste des gens pour les trois autres *Suites* augmentait réellement la température ambiante. Pamina s'adressa à Jacques :

— On dirait qu'il y a plus de monde qu'hier.

— C'est l'impression que j'ai moi aussi, répondit Jacques.

On entendit alors une voix de femme invitant les auditeurs à retrouver leur siège. Il était 18 h 55. « Encore cinq minutes », se dit le vieux luthier.

Il ferma les yeux tel un bonze en train de prier, comme s'il voulait chasser du monde tous les bruits afin d'accueillir en lui la musique de Bach dans toute sa pureté sonore. Jacques et Pamina avaient le même siège que la veille. Ils étaient sans doute dans la zone où l'acoustique était la meilleure. Les deux vieilles dames en kimono étaient là elles aussi, devant eux, aux mêmes places. Elles échangeaient à petite voix quelques mots que, évidemment, Jacques et Pamina ne pouvaient entendre. Une voix de femme, préenregistrée, demanda aux auditeurs d'éteindre leur téléphone portable.

— On a fait cette annonce hier soir aussi ? demanda Jacques à Pamina.

— Oui.

— Je ne m'en souviens pas. Est-ce que j'ai éteint mon téléphone hier ? se demanda-t-il à voix basse plutôt qu'à Pamina.

— Oui, Jacques, je t'ai vu faire…

La lumière de la salle baissait, tandis que les deux dames se retournaient en même temps comme la veille pour leur envoyer un sourire décontracté. Rin leur dit à voix basse, mais d'une manière suffisamment articulée :

— À tout à l'heure !

Un silence de recueillement descendit progressivement. En se propageant, il engloutit tous les bruits jusqu'aux plus petits. Trois secondes après, l'apparition de Guillaume Walter, habillé selon la même élégance simple, provoqua un tonnerre d'applaudissements. Pamina poussa un petit cri d'étonnement que personne n'entendit, sauf Jacques, à ses côtés, attentif à sa moindre réaction comme quand il était jadis à côté de sa femme Hélène.

— Ça va, ma grande ? chuchota Jacques avec un sourire discret.

— Mais…

Pamina, d'un air ahuri, étouffa ses mots et regarda l'instrumentiste qui esquissait deux ou trois courbettes avant de s'asseoir sur sa chaise. Enveloppé dans un silence limpide comme celui qui règne un matin d'hiver dans un jardin de pierres, il contempla longuement son violoncelle. Puis, il commença majestueusement le « Prélude » de la quatrième *Suite pour violoncelle seul* de Bach. On aurait dit que la musique recréée par Guillaume Walter découpait la silhouette d'un colosse, debout, bien campé sur ses jambes, qui, défiant les autorités oppressantes, suivait son chemin sinueux, tour à tour montant et descendant, pour arriver finalement à une hauteur surplombante. La musique d'une subtilité ineffable se poursuivait comme la trace tangible d'une âme humaine se recherchant, se construisant, se déployant dans toute la gamme de ses émotions entre la certitude et le doute, entre la joie et la tristesse, entre la colère et la sérénité. Il semblait à Pamina, qui suivait le moindre geste du violoncelliste avec une attention extrême, que traverser les *Suites* d'un bout à l'autre, en glissant d'une danse à une autre, en passant au mode mineur pour le numéro 2 ainsi que pour le numéro 5, était l'occasion de se connaître, et surtout de reconnaître, dans le portrait de l'homme libre et pleinement épanoui que cet homme des Lumières que fut Jean-Sébastien Bach dressait magistralement, la figure d'une humanité nouvelle à venir. La fougue dans la « Gigue » de la quatrième *Suite*, la révolte intérieure dans la « Courante » de la cinquième, la lueur d'espoir dans le « Prélude » de la sixième suscitaient une forte émotion chez la luthière. Mais ce qui la bouleversait, c'était l'infinie tristesse dans la « Sarabande » de la cinquième *Suite*. Pamina ne pouvait pas s'empêcher de penser à la lettre de Ken, à la notice d'Hortense, cachées respectivement dans l'*Amor* et dans le *Pax animae*, aussi bien qu'au long texte que cette dernière avait laissé entre les disques de Casals. Comment était-il, ce jeune homme ? Ce violoncelliste de haut vol qui s'entraîna jusqu'à la veille de son départ pour la mort dans un Japon tourmenté par l'intolérable folie de la guerre, ce jeune amant de vingt-cinq ans accueilli par Hortense dans son atelier pour qu'il passât la dernière nuit de paix et d'amour avec elle, ce Mozart assassiné qui, en symbiose avec un autre génie, nommé Matteo Goffriller, joua devant sa bien-aimée et pour elle seule la première *Suite*. À l'écoute de la tristesse abyssale et de la solitude torturante de la « Sarabande » de la cinquième *Suite*, Pamina éprouva comme une douleur venant de l'âme errante de Ken Mizutani. Lorsque Guillaume attaqua la « Gavotte I et II » de la sixième, Pamina, poussée par la pensée s'envolant vers le jeune musicien tué en mai 1945, fut amenée tout naturellement à songer à la petite joie qui s'était emparée de lui au contact de l'inscription latine de Ryo Kanda, lui-même meurtri jusqu'au fond de l'âme par la disparition de son fils Tetsu : « *In terra pax hominibus bonae voluntatis. Dona nobis pacem.* » On eût dit que le cœur de Ken à travers l'archet de Guillaume se livrait à une petite danse sautillante. Pamina regarda alors le visage légèrement penché en avant de Guillaume. Sur son front perlaient et brillaient des gouttes de sueur. Mais comment pouvait-il transpirer comme ça ? Peut-être un feu invisible et mystérieux brûlait-il en lui. Le plus frappant, cependant, c'était une imperceptible traînée de larmes qu'elle crut apercevoir sur la joue droite du violoncelliste... Celui-ci, enfin, passa à la « Gigue » finale. La petite danse de la joie discrète, mêlée peut-être obscurément d'une ombre de tristesse, semblait se poursuivre. Et lorsque Guillaume exécuta pour la deuxième fois la descente cathartique – mais cette fois graduellement ralentie – *ré-la-fa#-ré-la-fa#-ré*, ce fut la fin d'un voyage prodigieux qui vous invitait à arpenter de long en large le paysage intérieur d'un individu réfléchissant sur lui-même et sur le monde, à partager l'*expérience* d'un homme nouveau en train de se libérer de la pesanteur des sociétés anciennes.

Guillaume Walter se leva. Il embrassa du regard la salle plongée dans l'obscurité. Ses yeux, un peu fatigués et mouillés par-dessus le marché, parcourant la salle de droite à gauche et de gauche à droite, aperçurent les cheveux châtain clair d'une jeune personne, noués en chignon. Elle portait un tailleur parme avec un chemisier rose fuchsia, et en applaudissant fougueusement, elle tournait la tête de temps en temps vers son voisin aux cheveux argentés. Elle pleurait, elle aussi, dans la tempête d'acclamations.

39

— Vous étiez de connivence ! dit Pamina à l'oreille de Jacques.

— C'était l'idée de Guillaume, il voulait te faire une surprise.

— Je ne m'attendais absolument pas à retrouver ma grand-mère ici..., pas plus que je ne m'attendais à rencontrer Rin et Aki... Quelle succession d'émotions !

— J'espère que tu ne nous en veux pas trop. Excuse-moi... Je reviens.

Jacques se leva de son fauteuil pour rejoindre Guillaume sur scène.

Celui-ci revenait pour la troisième fois afin de saluer le public. Jacques attendit la fin des saluts. Guillaume se retira dans les coulisses, mais il revint tout de suite avec deux micros sans fil, suivi d'un *stageman* portant une chaise. Dès que celui-ci eut placé la chaise près de celle de Guillaume, Jacques vint s'y installer et reçut l'un des deux micros tendu par le violoncelliste. Guillaume et Jacques échangèrent deux ou trois mots hors micro. Quelques instants après, Jacques s'adressa au public :

— Bonsoir. Je m'appelle Jacques Maillard, ou Mizusawa Rei. Je suis luthier et ami de Guillaume Walter. Il souhaite vous parler, à vous qui avez écouté ce monument de la musique européenne. Comme Guillaume ne parle pas le japonais, il m'a demandé de lui servir d'interprète. Soyez indulgents, s'il vous plaît, quant à l'imperfection de ma traduction.

Quelqu'un dans la salle cria de toutes ses forces :

— C'est parfait, merci, monsieur !

— Merci de votre encouragement ! Je ferai de mon mieux ! répondit Jacques d'une voix chaude et rieuse.

Il se leva alors une tornade d'applaudissements. Ainsi, à partir de ce moment-là, Guillaume et Jacques parlèrent tour à tour.

— Merci de votre présence ce soir. Je ne me rends pas compte dans quelle proportion vous êtes venus écouter l'intégralité des *Suites* de Bach données en deux soirées...

De très nombreuses mains se levèrent timidement à ce moment-là, sans que Guillaume ait eu besoin de formuler explicitement la demande.

— Ah, merci ! La majorité d'entre vous a donc assisté aux deux parties du récital. Est-ce que je peux vous poser une question ? À vous qui avez assisté à ce récital hier et aujourd'hui. Avez-vous remarqué que j'ai joué sur deux violoncelles différents ?

Guillaume posa sur le plancher son violoncelle délicatement et précautionneusement.

— J'en ai pour une minute.

Il disparut dans les coulisses. Le public, intrigué, demeurait dans un silence interrogateur. Guillaume réapparut avec un autre violoncelle qui ressemblait, à s'y méprendre, à celui utilisé ce soir-là et resté couché à côté de sa chaise.

— Voilà le violoncelle que j'ai utilisé hier soir, dit Guillaume en montrant au public l'instrument dressé sur sa pique. C'est un violoncelle absolument merveilleux qui a été créé en 1712 par un luthier vénitien nommé Matteo Goffriller.

Guillaume fit un petit signe à Jacques qui se leva et se saisit du Matteo Goffriller, tandis qu'il se penchait pour attraper l'autre instrument, celui dont il s'était servi pour les trois dernières *Suites*. Le public voyait maintenant les deux violoncelles l'un à côté de l'autre.

— Vous voyez, s'écria Guillaume Walter, ils se ressemblent « comme deux gouttes d'eau, comme deux frères jumeaux, comme deux ombres d'homme » ! Celui-ci, c'est-à-dire celui de ce soir, date de 1945. Il a été fabriqué par une luthière française, Hortense Schmidt. Elle vivait à Tokyo dans les années 1940. Elle avait son atelier non loin d'ici, dans le secteur de l'École nationale de musique qui est devenue aujourd'hui, vous le savez mieux que moi, l'Université des beaux-arts et de la musique. L'expression que j'ai employée à l'instant, c'est-à-dire « comme deux gouttes d'eau, comme deux frères jumeaux, comme deux ombres d'homme », est d'Hortense Schmidt. Elle l'utilise en effet dans une longue note d'intention concernant son violoncelle qu'elle a baptisé *Pax animae*. Cela signifie en latin la « paix de l'âme ».

Ainsi Guillaume Walter s'engagea-t-il dans un long exposé qui mettait en pleine lumière l'histoire de Ken Mizutani inséparable de celle d'Hortense Schmidt aussi bien que de celle des deux violoncelles jumeaux.

Il commença par le commencement, c'est-à-dire par le triomphe de Ken Mizutani au Concours international de Lausanne en 1939 qui lui valut le prêt du Matteo Goffriller de 1712, le violoncelle rouge cerise sombre qu'à cet instant précis, les auditeurs de la salle de concert voyaient de leurs propres yeux.

Pamina remarqua que tous écoutaient le récit de Guillaume avec la plus grande attention, génératrice d'un silence profond qui la transportait vers un autre silence, celui qui enveloppait l'atelier de sa grand-mère la nuit du 2 au 3 avril 1945, la modeste cabane abritée dans le creux d'un village éloigné des bruits de la ville et de la guerre.

— Je suis arrivé à Tokyo il y a dix jours et tout de suite, je suis allé du côté de Shinano-Oïwake pour connaître le théâtre, si j'ose dire, du dernier rendez-vous de Ken et Hortense…

Jacques Maillard était assis sur sa chaise, tenant le Matteo Goffriller par le manche ; Guillaume Walter, lui, était debout, le *Pax animae* d'Hortense Schmidt en main. Dans la salle, chacun retenait son souffle. Seule la voix du violoncelliste, amplifiée par le micro, résonnait comme celle d'un chanteur répétant seul dans une église le programme d'un concert à donner.

40

Guillaume Walter avait préparé une petite note pour ne pas se perdre dans son exposé. Ainsi, en un quart d'heure, put-il évoquer tous les aspects de l'histoire du violoncelle de Matteo Goffriller, *Amor*.

— Tout cela serait resté dans l'ombre, si une fracture d'âme ne s'était pas produite au cours d'un concert où j'ai interprété le *Concerto* d'Elgar. Si Jacques Maillard, qui est là et qui me fait l'amitié de traduire en japonais ce que je dis en français, n'était pas mon luthier, j'aurais ignoré l'existence de ce magnifique violoncelle, ce *Pax animae* dû au génie d'Hortense Schmidt, mais aussi, par voie de conséquence, l'existence de son admirable texte glissé dans le coffret de disques de Pablo Casals. Parce que, tout simplement, je n'aurais pas rencontré Pamina Schmidt, la petite-fille d'Hortense Schmidt, qui a été immédiatement frappée par la ressemblance du violoncelle de Goffriller avec celui qui dormait dans le dépôt du magasin d'instruments de son père. Avant sa mort prématurée, Hortense avait précisé que son violoncelle n'était pas à vendre et ce vœu a été rigoureusement respecté par son fils

Léon, le père de Pamina. Je ne résiste pas à l'envie de vous présenter Pamina. Elle est là ce soir parmi vous. Pamina !

Une avalanche d'applaudissements se déclencha. Éberluée, embarrassée, la luthière se leva timidement et salua gauchement le public avant de se rasseoir. Jacques, clignant les yeux derrière ses lunettes, un sourire sur les lèvres, regardait la jeune luthière d'un air ému et débonnaire. Ses pensées s'envolaient vers le concert que Midori Yamazaki avait donné à la Salle Pleyel douze ans auparavant, concert où, poussé par la sonorité du violon de Nicolas François Vuillaume ressuscité, son père Yu Mizusawa était *revenu*.

Le silence retrouvé, Guillaume continua.

— Mais ce n'est pas encore terminé…

— Heureusement ! cria une voix d'homme dans la salle.

Des éclats de rire retentirent.

— Merci ! Je continue donc.

Guillaume expliqua alors comment la rencontre avec Pamina, la petite-fille d'Hortense Schmidt et de Ken Mizutani, conjuguée à la belle occasion de donner un récital à Tokyo, l'avait conduit à la tentation de jouer *enfin* en public l'intégrale des *Suites* de Bach, tout en le poussant en même temps à entreprendre une démarche à la recherche des familles de Ken Mizutani et de Ryo Kanda.

— J'ai donc eu la grande joie de rencontrer la petite sœur de Ken et la fille de Ryo, c'est-à-dire la petite sœur de Tetsu Kanda mort comme Ken quelques jours après son enrôlement dans l'armée. Rin Mizutani-Miyaké et Aki Kanda-Ricard ont eu toutes les deux la gentillesse de venir m'écouter hier et aujourd'hui.

Guillaume alla d'un pas allègre vers les deux marches en bois du côté jardin ; il descendit de la scène et vint se placer, en applaudissant, près des deux vieilles dames en kimono qu'on aurait prises pour deux sœurs. Elles se levèrent et firent au musicien une profonde courbette. Puis, en se tournant vers le public, elles en firent autant.

— Alors, dit Guillaume, en reprenant son micro.

Le silence régna de nouveau dans la salle. Guillaume déclara que son objectif avait été atteint. Celui de réunir, soixante-douze ans après l'ultime rencontre de Ken et Hortense, réunir non seulement Ken et Hortense mais aussi Ryo Kanda, ce magnifique médecin de campagne qui avait suscité chez le jeune musicien le désir d'écrire sa lettre testamentaire. Ils étaient là, à cet instant précis, avec tous ceux et toutes celles qui remplissaient cette salle d'Ueno située dans le quartier où Ken et Hortense vivaient en tremblant sous les bombes, en haïssant la guerre et le fanatisme qui la justifiait, en s'unissant dans leur amour et dans leur amour de la musique transcendant les frontières. Ils étaient là, tous les trois, ou plutôt leurs âmes étaient là à travers Rin Mizutani, Pamina Schmidt et Aki Kanda.

Chacun des auditeurs écoutait le silence qui se propageait.

Guillaume avait préparé deux moments musicaux pour clore la soirée. Il allait rejouer en premier lieu le « Prélude » de la première *Suite* parce que Ken avait travaillé cette pièce jusqu'au dernier instant de sa vie d'avant son enrôlement. Il rappela que le jeune homme avait offert son interprétation du « Prélude » à Hortense avant de la quitter pour toujours un matin du mois d'avril de 1945 et qu'il reprenait inlassablement ce morceau dans un terrain vague, quelque part à Shinano-Oïwake, où, durant sa dernière semaine de paix, il allait jouer au badminton avec sa sœur, cette dame âgée présente ce soir-là, habillée en kimono bleu foncé avec un *obi* décoré de motifs d'érables rouges et jaunes, qui, quelques instants auparavant, avait salué le public.

Après avoir traduit en japonais comme un vrai professionnel tout ce qui avait été dit par le violoncelliste, Jacques Maillard se leva en couchant sur le parquet l'*Amor*. Le *stageman* vint auprès de lui avec un étui gris. Le luthier rangea l'instrument avec une extrême précaution. Puis, il regagna sa place à côté de Pamina.

— Oh, Jacques, quel cadeau ! Quel cadeau ! s'exclama Pamina à voix basse en posant sa main sur l'avant-bras du luthier.

Guillaume était prêt. Il avait entre les jambes le *Pax animae* qui brillait de son plus bel éclat rouge sombre sous la lumière d'argent descendant du plafond. Il poussa la porte du silence et entra tout doucement dans la musique solitaire de Bach.

41

Copie de la partition du « Prélude » de la première *Suite*,
réalisée par Anna Magdalena Bach, épouse de Jean-Sébastien Bach.

Il fermait les yeux, se balançant légèrement d'un côté et de l'autre. À certains moments, il se penchait en avant en esquissant sur les lèvres un imperceptible sourire ; à d'autres, il tournait la tête vers sa droite comme pour mieux saisir les sons émanant du *Pax animae*. « On dirait qu'il danse avec son instrument en lui chuchotant à l'oreille », se dit Pamina.

42

Les dernières notes, les trois rondes : *sol-si-sol*, amples et profondes, disparaissaient comme aspirées par le silence. Guillaume resta immobile jusqu'au moment où sa pensée eut fini d'accompagner l'image de Ken Mizutani si profondément intériorisée en lui. Il pensait au prodige du violoncelle broyé par la violence de l'Histoire ; il le voyait sur son écran oculaire en train d'appeler de tous ses vœux, au fort de son interprétation du « Prélude », la *paix* sur terre, en accord total avec l'inscription latine de Ryo Kanda.

L'instrumentiste se levant, une tempête d'applaudissements se déchaîna. Pendant une longue minute, Guillaume remercia le public complètement électrisé, en se courbant plusieurs fois, en embrassant du regard toute la salle du Bunka Kaïkan d'Ueno. Le silence revint dès qu'il reprit le micro, se prolongeant jusqu'à ce que Jacques revînt sur scène.

— Le second moment musical que je vous propose, c'est une œuvre qui s'intitule *Le Chant des oiseaux*.

Guillaume rappela la découverte qu'il avait faite au sujet

de Ken Mizutani lors de sa visite à la fondation Lorenzetti à Genève : le jeune génie japonais avait reçu des leçons de Pablo Casals à Prades où le maître des maîtres s'était réfugié, fuyant le régime dictatorial de Franco. Il fit alors part de deux images qui l'habitaient, mais qui étaient le pur fruit de son imagination : d'une part, celle de Casals en train de jouer avec Ken *Le Chant des oiseaux*, devenu depuis lors le symbole de la paix et de la liberté ; et d'autre part, celle de Ken interprétant cette admirable pièce sur ce fameux banc de Shinano-Oïwake, où Ryo Kanda, poussé par le chagrin et le désir de paix, avait gravé « *In terra pax hominibus bonae voluntatis. Dona nobis pacem* ».

— « Paix sur terre aux hommes de bonne volonté. Accorde-nous la paix », précisa immédiatement Jacques pour rappeler la signification de l'expression latine.

— Merci, Jacques. Si Ryo Kanda n'avait pas gravé sa colère contre la guerre sous cette forme déguisée, Ken n'aurait pas écrit sa lettre *d'outre-mort*… Serait-il allé voir Hortense sans avoir écrit sa lettre ? Certainement. Mais Hortense n'aurait pas eu à cacher quoi que ce soit. Elle n'aurait pas détablé le Goffriller… Par conséquent, elle n'aurait pas eu non plus l'idée de fabriquer une copie du Goffriller…

Guillaume s'apprêtait à parler de la *forme* particulière qu'allait prendre l'interprétation du *Chant des oiseaux*, lorsqu'il remarqua les deux dames en kimono au troisième rang, tout près de la scène, appuyer discrètement sur leurs yeux un mouchoir tout blanc soigneusement plié en quatre. Il fit signe au *stageman* qui attendait juste à côté de l'immense panneau acoustique. Six jeunes violoncellistes japonais entrèrent alors avec leur instrument.

— Voilà, j'ai proposé à ces jeunes violoncellistes de se joindre à moi pour jouer ensemble *Le Chant des oiseaux*. Ce sont des étudiants de l'Université des beaux-arts et de la musique.

Là, Guillaume sortit un morceau de papier de la poche de son pantalon pour présenter les six musiciens les uns après les autres, en prononçant leurs nom et prénom avec un soin particulier qui traduisait sa volonté de ne pas les écorcher. Ils étaient tous habillés de la même manière à peu de chose près. Les garçons en chemise et pantalon noirs ; les jeunes filles en pantalon noir et en chemisier mauve avec une veste noire.

— Ce sont trois jeunes filles et trois garçons qui ont à peu près l'âge qu'avait Ken au moment où il est allé à la guerre malgré lui, dit-il.

Alors qu'il parlait, le *stageman* et son assistante installaient six chaises derrière les musiciens de façon qu'elles forment un demi-cercle. À la fin de sa présentation, Guillaume se saisit dc sa propre chaise pour se placer à l'extrémité droite vue de la salle. Alors tous s'assirent en même temps et commencèrent à vérifier l'accordage de leur instrument.

— Voici donc *Le Chant des oiseaux* de Pablo Casals, dit Guillaume sans micro en élevant la voix. Nous allons le jouer en pensant à Ken Mizutani et nous dédions notre interprétation à Rin Mizutani et Aki Kanda ici présentes.

Jacques n'eut pas besoin de traduire cette dernière phrase que tout le monde comprit.

Le soliste donna le signal de départ avec son archet. Les jeunes violoncellistes japonais amorcèrent la musique tout en douceur en faisant des trilles qui imitaient explicitement des cris d'oiseaux répétés. Ce bref début en *pianissimo* terminé, Guillaume rejoignit les étudiants, qui assuraient à présent la base de la construction musicale en maintenant de beaux accords ineffablement doux, pour faire jaillir de son instrument une chaude voix de basse, une mélodie d'une mélancolie profonde, d'une tristesse poignante, un gémissement douloureux. *Le Chant des oiseaux*, d'une durée à peine supérieure à trois minutes, se termina comme au commencement par les trilles des six violoncelles évoquant des oiseaux en train de gazouiller en plein vol.

À l'écoute de la musique de Casals, Rin Mizutani fut littéralement transportée dans la verdure riante du petit bois de Shinano-Oïwake : au son du violoncelle de Guillaume Walter, une sensation particulière vint s'emparer d'elle, celle de se trouver aux côtés de son grand frère. Tantôt elle se voyait jouant follement au badminton avec lui, tantôt elle se découvrait dans la peau de la spectatrice d'un concert qui se déroulait devant ses yeux pour elle seule. Elle se sentait frémir de tous ses membres, en se remémorant son frère soudainement immobilisé comme un animal empaillé face au banc qui lui servait à la fois de siège et de support pour son instrument. Enfin, le souvenir des derniers instants de ce récital improvisé lui revenait comme une houle énorme plongeant son cœur dans les agitations les plus extrêmes. Elle était saisie par une sensation puissante, celle de se glisser dans son corps de petite fille, celle de retrouver l'acuité de son ouïe juvénile : elle réentendait les pépiements d'oiseaux qu'elle avait entendus ce jour-là, à ce moment-là, s'élevant doucement du violoncelle de son *onii-chan* vers la cime des arbres environnants. Rin avait beau lutter contre le brusque retour de ce passé enfoui et oublié, elle était secouée par les sanglots.

Un grand calme s'installa après la dernière note évanescente. Néanmoins, au bout de trente secondes de silence total, quelqu'un frappa des mains timidement. Ce fut le début de longues minutes d'acclamations mêlées de cris de bravo et de merci.

Guillaume Walter, après avoir serré la main de chacun et chacune des jeunes collègues, reprit le micro et parla après le retour du calme.

— Il paraît que Casals a dit, dans un discours qu'il a prononcé à l'ONU à l'occasion de la remise de la médaille de la Paix, que les oiseaux en Catalogne chantaient « *Peace, peace, peace…* ». Nous entendons, en effet, dans ce chant à la fois merveilleux et si profondément triste, sa douleur devant le spectacle des atrocités de la guerre et la force de sa prière pour la paix qui monte vers le ciel à l'image de l'envolée des oiseaux catalans. C'est magnifique, tout simplement. J'aimerais tant que ce chant résonne sur tous les champs de bataille, dans la tête des présidents qui commandent les armées, dans la conscience des soldats qui se livrent à des tueries aussi bien que dans le cœur de ceux qui tirent profit de l'industrie et du commerce des armes… Ce chant, je voudrais le croire, c'est peut-être parce que je suis musicien, possède une puissance susceptible d'attirer l'attention de ceux qui sont capables de *rentrer en eux-mêmes* dans le calme de leurs passions…

Guillaume semblait appuyer intentionnellement sur l'expression « rentrer en eux-mêmes ».

Ces mots provoquèrent étrangement chez Pamina, qui était tout ouïe comme les autres auditeurs de la salle, le souvenir d'une scène de film dont elle ne se rappelait ni le titre ni le réalisateur. Ça se passait dans une prison en Amérique : un des deux personnages principaux mettait un disque de musique classique et faisait en sorte que l'on puisse entendre cette musique dans toute la prison, à l'intérieur comme à l'extérieur. Il s'agissait du merveilleux « Duo de la lettre » du troisième acte des *Noces de Figaro* de Mozart, chanté par la Comtesse et Suzanne. Ce chant d'une douceur infinie captivait les prisonniers, qui subissaient jour après jour les brutalités du directeur diabolique et de ses suppôts. Cette image en plongée des détenus rassemblés dans la cour de la prison, en train de regarder éberlués le haut-parleur perché au sommet d'un poteau, diffusant les deux voix de soprane sublimement mêlées, qu'elle était saisissante !... Mais, justement... justement, les oppresseurs tyranniques n'étaient pas *touchés* par cette musique... Les dictateurs sanguinaires et les marchands de canons, mus par d'autres logiques, guidés par d'autres intérêts, hantés par le démon de la violence, avaient-ils une oreille pour entendre le « Duo de la lettre » et *Le Chant des oiseaux* ?... Pamina soupira profondément.

Un ruisseau de silence coulait.

Guillaume, sur scène, était comme plongé dans ses pensées obscures. Il était saisi à cet instant précis par une vision hallucinatoire, celle de se trouver seul dans un lieu semblable à l'atelier de Jacques comme si son esprit n'était habité par aucune autre présence que celle du *Pax animae* qu'il avait toujours dans ses bras.

— ... Voilà. C'est la fin de ce récital. Vous me direz

que ça a été un drôle de récital, mais je tenais absolument à saisir cette occasion pour rappeler à votre mémoire Ken Mizutani, Hortense Schmidt, Ryo Kanda unis par la musique de Bach. Je vous remercie de tout mon cœur pour votre collaboration.

Une avalanche d'applaudissements assourdissants déferla.

— Nous avons prévu un pot amical dans un restaurant près d'ici. Si vous voulez nous rejoindre, n'hésitez pas... Rendez-vous dans le hall.

Les applaudissements cédèrent la place à un brouhaha de paroles confuses.

Dans les coulisses, Guillaume rangea le *Pax animae* dans son étui. Puis, en le portant sur ses épaules comme un sac à dos, et saisissant la poignée de l'étui du Goffriller avec la main gauche, il alla à la rencontre des deux dames en kimono en train d'échanger leur émotion près d'une porte au fond de la salle, chacune un mouchoir blanc à la main. Rin et Aki s'avancèrent vers le musicien. L'une s'inclina profondément ; l'autre tendit la main à Guillaume, mais, tout de suite, elle prit entre ses deux mains celle du violoncelliste qu'elle serra avec force en signe de remerciement. Ni l'une ni l'autre ne pouvait parler.

— Merci d'être là ! Je suis tout ému, vous savez. Maintenant, il ne nous reste plus qu'à aller fêter ensemble cet événement !

Jacques et Pamina vinrent rejoindre Guillaume. Pamina prit Rin dans ses bras sans rien dire, tandis qu'Aki, face à Jacques, se confondait en remerciements.

— Tu veux que je prenne le Goffriller ? demanda Pamina à Guillaume.

Celui-ci remarqua que les yeux de Pamina étaient encore gonflés et scintillaient.

— Excuse-moi, Pamina, je suis allé voir ton père sans t'en parler... Jacques te l'a dit... C'était pour...

— Oui, Guillaume, maintenant, j'ai tout compris, je te remercie. Ça a été un merveilleux cadeau pour moi...

La salle se vida. Le groupe du violoncelliste se dirigea vers le hall.

43

Les six violoncellistes japonais formaient un groupe à eux seuls. La curiosité avait poussé quelques auditeurs à oser venir participer au cocktail. Ils parlaient entre eux. Guillaume, lui, se sentant responsable des deux dames âgées, continuait à leur tenir compagnie. Jacques, considérant que le pot amical, composé d'éléments hétérogènes, ne démarrerait pas, prit l'initiative de s'adresser à toute l'assemblée :

— Re-bonsoir à tous, dit-il d'une voix de patriarche, je vous propose de constituer un seul cercle pour que chacun puisse parler à tous et que tous puissent entendre chacun.

— C'est une excellente idée ! s'écria Aki Kanda dont la voix ferme et jeune, peu en harmonie avec sa contenance de vieille dame, étonna tout le monde.

Lentement, très lentement, un cercle se forma autour d'une table où étaient disposées une trentaine de flûtes à champagne à moitié remplies. Jacques demanda à chacun et à chacune des violoncellistes et aux groupes d'auditeurs courageux et curieux de s'éparpiller, d'essayer de se mettre à côté de deux personnes qu'il ou elle ne connaissait pas. Une fois que l'assemblée eut une forme circulaire, il proposa à tous de dire un mot sur le récital de Guillaume, sur la musique de Bach, sur la musique en général ou sur un tout autre sujet en rapport tout de même avec le récital. Il insista surtout sur le fait que chacun était invité à s'exprimer librement et que les barrières linguistiques ne devraient pas être un obstacle parce que, assisté éventuellement par Rin et Aki qui pratiquaient aisément les deux langues, il assurerait volontiers la traduction.

— Quand on aura fait le tour de table, le cercle sera défait. On pourra alors circuler librement selon les envies, les humeurs, les tentations... Mais avant toute chose, portons un toast à Guillaume !

— Ah non, plutôt à Rin et à Aki... et à Pamina ! répondit Guillaume.

— À ceux qui sont là et à ceux qui ne sont plus là ! dit à son tour Rin.

— À vous et à nous ! intervint Aki en embrassant du regard toute l'assemblée.

— Aux ombres ! lâcha Pamina d'une voix timide.

— Bien sûr. Tu as raison, Pamina, murmura Jacques. Oui, aux ombres !

— Qui reviennent ce soir et qui nous font vivre ! ajouta Guillaume pour conclure.

Jacques et Pamina se regardèrent et échangèrent un sourire complice.

— À votre santé, *kanpaï* ! s'écria Jacques.

— À votre santé ! répondirent en chœur tous les convives.

— Qui va commencer ? demanda Guillaume.

— C'est peut-être toi, pour lancer... dit Jacques avec hésitation.

— Ah non, je n'ai fait que parler ce soir. Je suis à l'écoute maintenant...

Il y eut un moment de silence.

Tous se regardaient dans une attente embarrassante que personne n'osait perturber.

Enfin, une étudiante violoncelliste brisa le silence avec un gracieux sourire aux lèvres. Elle s'exprima lentement, en cherchant ses mots, dans un français d'une correction passable, avec un accent assez prononcé.

— Je voudrais demander à Pamina-*san* de parler de ce qu'elle a éprouvé quand elle a détablé le violoncelle de sa grand-mère. Parce que c'est vraiment exceptionnel d'arriver à réaliser un bel instrument comme le *Pax animae*. D'après Guillaume-*san*, il est tout à fait comparable à des instruments anciens fabriqués par de grands luthiers du XVIIIe siècle...

La violoncelliste résuma elle-même en japonais ce qu'elle venait de dire. Tous les yeux se braquèrent alors sur Pamina. Celle-ci, embarrassée, mais se sentant soutenue par le regard protecteur de Jacques, chercha ses mots et, dans le calme fiévreux de sa conscience, elle fit des bouts de phrase sur le *Pax animae* qui était l'incarnation même de sa grand-mère. Après un moment de silence, elle se mit enfin à parler.

— Je suis très intimidée de m'exprimer devant une assemblée si nombreuse... Cela est sans doute dû à la nature de mon travail, au calme de l'atelier où tout se déroule d'une manière lisse, sans heurt, dans une monotonie laborieuse. Mais c'est aussi cette calme monotonie quotidienne qui fait ressentir l'intensité de l'émotion quand quelque chose d'exceptionnel fait irruption… Ce fut justement le cas avec le *Pax animae*… J'ai été frappée par la beauté et la perfection du travail de ma grand-mère. Je crois que Guillaume a raison. Certains instruments d'aujourd'hui sont aussi extraordinaires que les instruments de grands maîtres d'autrefois. Le *Pax animae* en est une preuve éclatante. Comme d'ailleurs les instruments de Jacques Maillard-Rei Mizusawa…

Pamina acheva sa phrase par un sourire éclatant. Jacques, troublé par l'éloge inattendu de sa collaboratrice, ne put qu'inciter Pamina à rappeler que c'était dans l'attente de son enfant qu'Hortense avait conçu et construit le *Pax animae*.

— Ah oui… Bien évidemment, j'ai, en plus de Jacques qui est mon père spirituel, un père biologique…

Pamina s'embarqua alors, avec l'aide de Jacques pour l'indication des *kanji*, dans l'explication du choix du prénom *Léon* par Hortense pour son fils. Après avoir évoqué la double lecture possible de 麗音 qu'elle avait fini par découvrir, elle déclara, tout en lançant à Guillaume un regard doux et tendre, mais sur le ton d'une innocente plaisanterie :

— Tout ça, c'est à cause de *lui* !

Tout le monde éclata de rire. Ce rire détendit l'ambiance ; il les mit tous, les jeunes, les moins jeunes, les plus âgés, de bonne humeur et les incita à s'épancher dans le cœur des autres. Les langues se déliaient. Le passé venait se mêler au présent ; le présent ravivait et ramenait le passé, un passé parfois plus lointain que celui de l'époque de la Guerre de quinze ans qui avait torturé Ken et Hortense. Un étudiant évoqua en effet le « violoncelle des tranchées » de Maurice Maréchal, que celui-ci avait surnommé « Poilu », ce violoncelle qui n'en était pas un, ce violoncelle qui avait été improvisé avec les moyens du bord par deux soldats menuisiers afin que le concertiste puisse faire de la musique malgré tout lorsqu'il se trouvait loin de la terreur des pluies de bombes.

Ainsi continua la soirée, plutôt joyeusement.

L'assemblée se dispersa tard dans la nuit. Les deux dames âgées, entraînées par des flots de souvenirs d'enfance, n'arrivaient pas à se quitter. Mais la nuit s'épaississant, il fallut se séparer. Elles échangèrent leurs cartes de visite. Elles se promirent d'aller ensemble, accompagnées, si possible, de Pamina, Guillaume et Jacques, à Shinano-Oïwake à la recherche du *banc* qui avait uni en 1945 Ken Mizutani à Ryo Kanda à travers les mots latins gravés par celui-ci. Elles se firent plusieurs fois une courbette profonde sur le quai de la gare d'Ueno où titubaient quelques frêles et solitaires silhouettes d'hommes. Elles prirent deux trains différents arrivés en même temps, partant l'un après l'autre dans deux directions opposées.

Ce fut la fin de la soirée où la musique européenne du XVIIIe siècle, chantée par un violoncelle aspirant ardemment à la *paix de l'âme*, avait rassemblé des vivants et des morts au parc forestier d'Ueno à Tokyo par-delà les continents, les mers, les frontières, les pays.

ÉPILOGUE

(2020)

Je viens de rentrer de Paris.

Il y a un mois, j'avais reçu un message de Guillaume Walter : « Chère Aki, tu trouveras ci-joint l'annonce de mon prochain concert au Théâtre des Champs-Élysées. Je serais si heureux de te revoir à cette occasion. » Depuis que j'ai entendu son violoncelle au Bunka Kaïkan d'Ueno à Tokyo il y a déjà trois ans de ça, j'essaie de ne pas manquer ses concerts. Guillaume m'envoie systématiquement une invitation à chacune de ses prestations, si celles-ci ont lieu en France. Il sait que je n'entreprends plus de voyage à l'étranger.

Au programme de ce dernier concert, il y avait entre autres le Concerto pour violoncelle *d'Elgar. Accompagné de l'Orchestre philharmonique de Paris placé sous la baguette d'Andris Lensons, il l'a interprété magistralement. Quelle assurance ! Quel phrasé ! J'ai cru y entendre tout à la fois un torrent de colère et une tristesse renfermée… Elgar aurait composé cette œuvre en 1918, l'année même de la fin de la Grande Guerre. Qui n'aurait pas éprouvé un bouillonnement de colère et un abîme de tristesse devant cette catastrophe, ce carnage généralisé, cette effroyable hécatombe ? La colère mêlée de tristesse que je ne peux pas ne pas sentir à l'écoute de ce concerto, c'est peut-être celle-là même de Guillaume qui sait que Ken Mizutani a interprété cette œuvre au concours de Lausanne en 1939... Comment Ken avait-il joué ce concerto ? Avait-il déversé lui aussi toute sa colère et toute sa tristesse dans son interprétation ? C'est peut-être cela qui a bouleversé le jury...*

Après le Concerto *d'Elgar, Guillaume a proposé en bis* Le Chant des oiseaux *de Casals. Il l'a joué, comme à Tokyo il y a trois ans avec les étudiants de l'Université des beaux-arts et de la musique, accompagné de six violoncellistes de l'orchestre. Ce fut un enchantement. Ce fut une élévation. Ce fut d'une beauté rare et d'une tristesse déchirante. Ce fut un authentique moment de recueillement dans la bruyante vie urbaine. La beauté indicible de la simplicité de cette pièce est peut-être la beauté même de la nature que chantent les oiseaux, mais que les hommes ne cessent de détruire partout dans le monde. Que de tueries sur cette terre depuis des siècles, avec ce point d'orgue catastrophique que sont les bombes atomiques de Hiroshima et Nagasaki...*

Certes, mes pensées se sont envolées vers le récital mémorable de Guillaume à Ueno, mais elles ont atterri et sont demeurées fixées sur l'inscription latine de mon père que j'ai si longtemps ignorée et que j'ai vue pour la première fois lors de mon retour à Tokyo, où j'ai redécouvert les Suites pour violoncelle seul *de Bach totalement réinventées par Guillaume. Je me souviens, comme si c'était hier, de ce voyage à Shinano-Oïwake, de ce retour aux sources en quelque sorte que j'ai fait avec Rin : nous étions accompagnées de tous, c'est-à-dire de Jacques, Pamina, Guillaume.*

Ce long monologue de Bach émaillé de doutes et de certitudes, de joies et de chagrins, de plaisirs et de douleurs et ce chant populaire catalan récréé par Casals, je ne pourrai plus les écouter sans penser à Ken qui les a joués dans ce petit bois de Shinano-Oïwake, sans penser également à mon père qui, après la mort de mon frère Tetsu, priait de toutes ses forces pour que la paix revienne et s'installe durablement. Je vois dans son inscription latine : « In terra pax hominibus bonae voluntatis. Dona nobis pacem », *dans chaque trait incisif de chaque lettre, dans chaque entaille profonde de chaque mot, toute la colère mêlée de tristesse de mon père. Ces mots latins, résonnant en moi comme le bruit des vagues qui reviennent sans cesse, me ramènent à deux images de mon père que je garde au fond de mes yeux et de mes oreilles. La première est celle où, à la gare de Shinano-Oïwake, je vois* otô-chan *(mon papounet) qui nous dit de ne pas regarder du côté du guichet au moment où* onii-chan *montait dans le train. Je lui ai désobéi. J'ai alors vu des soldats qui nous observaient avec un œil méchant. La seconde est celle où il a ses doigts tachés de sang ; j'entends la porte vitrée de la maison qui s'ouvre avec fracas ; je vois de grosses bottes boueuses qui salissent les tatamis ; il est enlevé de force par la Police militaire. C'était une nuit effrayante. Telle est la dernière image de mon père puisque après, il n'est jamais revenu à la maison.*

Depuis le récital de Guillaume, je suis retournée au Japon chaque année au mois de mai pour me recueillir *devant ce banc qui est toujours là, et qui est pour moi comme la tombe de mon frère et de mon père. Les Japonais vont se recueillir devant leur tombe familiale pendant la période d'*Obon *en août où ils croient que les morts reviennent parmi eux ; mais moi, je vais à Shinano-Oïwake pour revoir et relire les mots latins gravés par mon père. À chaque visite, je me glisse vers mon enfance à la fois insouciante et tourmentée. Et je me demande chaque fois pourquoi je me suis tournée vers les études européennes, pourquoi je me suis passionnée pour le français à tel point qu'à un moment donné, je n'ai pas résisté à la tentation d'aller vivre en France. Je voulais m'immerger dans cette langue. C'est sans doute grâce à la bibliothèque que mes parents avaient installée dans leur cabinet médical de Shinano-Oïwake à l'intention de tous leurs patients et des villageois. J'ai dévoré les livres de cette bibliothèque singulière. Le but de mes parents consistait, à n'en pas douter, à proposer des lectures éclairantes et émancipatrices qui allaient dans le sens opposé à celui du* chemin des sujets *bruyamment prôné par les autorités militaires et impériales. C'était là mon école. C'était là mon monde séparé de celui qui m'encerclait. En transportant partout cette école avec moi, en moi, en poursuivant la voie qui était celle de mes parents, j'ai fini par me trouver vers l'âge de vingt ans dans l'immense forêt des livres en français. Et c'est là que j'ai bâti ma demeure. C'est là que j'ai construit ma forteresse. C'est pourquoi il m'a fallu bien des années pour revenir à ma langue d'origine. Aujourd'hui, j'écris ; j'écris en japonais aussi bien qu'en français, mais j'écris dans cette langue comme si j'écrivais en français, en la tordant, en la* *disloquant, en la malmenant, si j'ose dire. J'écris dans ma langue de naissance en me demandant toujours comment écrire pour que cette langue ne soit plus jamais la langue du fanatisme déchaîné tel que celui qui a tué mon frère et mon père, a broyé et anéanti plus de vingt millions de vies en Asie à cette époque sombre et tourmentée douloureusement vécue par toute la génération de mes parents. Je rejoins sur ce point Victor Klemperer qui s'interrogeait sur la langue du Troisième Reich en tant que langue du fanatisme de masse.*

J'ai quatre-vingt-six ans maintenant. Le temps passe impitoyablement. Je le sens d'autant plus fortement que Jacques n'est plus de ce monde depuis déjà un an et demi et que j'ai récemment reçu l'annonce du décès de Rin. La prochaine fois, ce sera mon tour.

L'atelier et l'appartement de Jacques sont maintenant passés aux mains de Pamina. Dans son testament, le luthier franco-japonais a légué ses biens immobiliers à Pamina. Par ailleurs, il a demandé à celle-ci de créer un fonds d'aide aux jeunes luthiers avec la somme d'argent qu'il lui confiait. Ce que Pamina a exécuté scrupuleusement avec l'aide de quelques personnes compétentes en la matière. Mais Pamina a fait plus que ce que Jacques lui avait demandé : elle a aménagé l'appartement afin de créer une pièce d'exposition, contiguë à l'atelier, où elle a mis toutes les créations de Jacques dans l'ordre chronologique. Elles pourront être étudiées par les luthiers en formation; elles pourront être prêtées à des instrumentistes pour une durée limitée. À l'entrée de l'espace muséal de l'atelier, sur le mur juste à côté de la porte, une grande photo-portrait de Jacques est accrochée : le luthier déjà fort âgé, mais rayonnant des derniers éclats de sa carrière vouée à l'Art et à la célébration de la vie à travers les instruments du quatuor, est pris avec sa femme Hélène et leur chien shiba Momo, tous deux disparus avant lui.

Depuis mon voyage au Japon à l'occasion du récital de Guillaume, chaque fois que je montais à Paris pour un concert de Guillaume ou pour d'autres raisons, j'étais hébergée chez Jacques. Nous passions des heures ensemble à discuter. Nous parlions de son travail de luthier, de mon travail d'écrivaine. Nous avions des sujets communs : le passé funeste de notre pays de naissance qui n'a pas l'air de passer, ni d'être liquidé, enterré; la langue dans laquelle nous sommes nés et la langue dans laquelle nous avons évolué intellectuellement et affectivement. À présent, je suis logée chez Pamina et très gentiment elle met à ma disposition le studio qu'elle occupait autrefois. Ce qui est nouveau, c'est l'absence béante de Jacques et la présence souriante de Guillaume. En effet, le violoncelliste vit désormais avec Pamina qui a remplacé Jacques auprès de lui. « Je te laisse mon appartement et mon atelier. Vous pouvez vivre là ensemble. Ne te gêne pas... », tel fut un des derniers mots que Jacques a adressés à Pamina sur son lit de mort.

Le lendemain du concert de Guillaume au Théâtre des Champs-Élysées, après le dîner, lorsque nous étions assis tous les trois sur le canapé en L pour le café, j'ai offert à mes hôtes un cadeau que j'avais ramené de chez moi. C'est un poster qui reproduit en grandeur nature un tableau d'Oskar Kokoschka : Pablo Casals I *(1954). Il y a quelques mois, j'ai découvert ce peintre autrichien dans une exposition à Aix. D'après la documentation proposée, ce peintre a fait beaucoup de portraits durant sa longue carrière. Quelques photos d'œuvres me font penser aux Fauves chez qui les foisonnantes couleurs priment sur les lignes. À l'exposition, tout de suite, le portrait de Casals m'a frappée. On reconnaît bien le violoncelliste avec son crâne dégarni et son violoncelle qu'il agrippe de la main gauche. Il porte un pull-over bleu plutôt discret. Son instrument d'un rouge cerise sombre – un Goffriller probablement – s'impose non seulement par le sentiment d'austérité qu'il dégage mais aussi par sa dimension disproportionnée : il paraît en effet démesurément important puisqu'il monte jusqu'au menton de l'interprète. Sa main droite qui tient l'archet hors champ et sa main gauche dont les doigts boudinés pincent les cordes sont également surdimensionnées, ce qui donne l'impression d'une* lutte *engagée par le musicien contre le monde à l'aide de cette arme particulière qu'est son violoncelle. Une lumière venant d'en haut éclaire sa tête chauve, tandis que la moitié inférieure de son visage bouillonne de rouge et d'orange comme si une passion brûlait la peau de l'intérieur. Le plus saisissant, c'est l'expression du regard de Casals rivé sans doute sur la partition : il est inquiet, mais aussi perçant, foudroyant. Qu'est-ce qu'il regarde, ce Casals de 1954 ? Mes pensées ont alors vagabondé vers le récital de Guillaume à Ueno. J'ai pensé à Ken Mizutani et à son Goffriller de 1712.*

Pamina a demandé à Guillaume s'il était d'accord pour accrocher le tableau de Kokoschka à l'atelier à côté de la photo-portrait de Jacques. Le violoncelliste a approuvé cette idée sur-le-champ en disant que l'atelier serait alors une sorte d'autel où le jeune couple se sentirait protégé par les deux figures tutélaires : d'une part, le luthier légendaire de Crémone et d'autre part, le célèbre violoncelliste catalan, découvreur des Suites pour violoncelle seul *de Bach, jouant sur son Goffriller.*

J'ai alors demandé à mon tour à Guillaume si l'instrument utilisé la veille pour le Concerto *d'Elgar était le Goffriller de 1712. Il m'a répondu qu'il l'avait restitué à la fondation Lorenzetti. « Alors, tu joues maintenant le* Pax animae *? — Pas toujours », m'a-t-il répondu. Puis, il est allé dans sa salle de travail et en est revenu avec un violoncelle qui n'était ni le* Rei *ni le* Pax animae.

— C'est celui-ci que tu as vu et entendu hier soir au Théâtre des Champs-Élysées. Il s'appelle Jacques.

Le Jacques *est une œuvre de Pamina. Elle l'a fabriqué sur le modèle de l'*Amor *qu'elle avait minutieusement étudié lors de la réparation de sa fracture d'âme trois années auparavant. Pamina l'a offert à Guillaume pour son quarantième anniversaire. C'était un défi pour elle. Elle avait essayé, m'a-t-elle dit, d'être à la hauteur de sa grand-mère. Guillaume a alors parlé du* Jacques *avec l'enthousiasme qu'on lui connaît. « La beauté et la qualité vibratoire des sons que je peux en tirer sont tout à fait comparables à celles des deux autres. » Si ce n'était pas le cas, assurément il n'aurait pas osé l'utiliser pour ce concert important qui lui a donné l'occasion de collaborer avec Andris Lensons.*

Guillaume a donc trois violoncelles à présent : le Pax animae, *le* Rei, *celui que Jacques avait construit à partir d'un violoncelle de Domenico Montagnana, élève de Matteo Goffriller, et enfin le* Jacques. *« Quel luxe ! Quel bonheur tu as, ai-je dit spontanément, d'avoir ces trois instruments d'exception ! » À ce moment-là, sans réagir à ma petite taquinerie, sur le ton de la confidence, Guillaume m'a annoncé qu'ils attendaient un heureux événement pour l'année prochaine. À cette nouvelle inattendue, je n'ai pu m'empêcher de pousser un cri de joie et de manifester mon émotion.*

C'est à cet instant, à cet instant précis – je ne sais pourquoi – qu'une question enfouie quelque part au fond de mes souvenirs est subitement remontée à ma conscience. C'était au sujet du sens de l'expression mystérieuse « TOI-NI » *utilisée par Hortense sur l'étiquette du* Pax animae. *Pamina s'est alors lancée dans l'explication que lui avait proposée Jacques : il s'agirait d'un mot forgé par Hortense, qui signifierait tout à la fois « à toi » et « pour toujours ».* « NI » *correspondrait à la préposition française « à », tandis que* « TOI » *serait la transcription un peu détournée du mot japonais* « TOWA » *qui veut dire « éternité ». L'ensemble donnerait donc quelque chose comme « À toi que j'aimerai pour toujours, ce* Pax animae ».

Je suis rentrée chez moi à Aix hier après-midi. Je crains que ce ne soit mon dernier voyage à Paris.

Dans le TGV, j'ai réfléchi. Je me suis demandé si je ne raconterais pas dans un roman l'histoire du Goffriller de 1712 qui met côte à côte Ken Mizutani et Guillaume Walter, une histoire qui se passerait entre Paris et Shinano-Oïwake, entre 1936 et 2020, et qui ferait apparaître, aux côtés des deux violoncellistes, Hortense, Jacques, Pamina, Rin et Ryo Kanda mon père. Plus je réfléchis à cette idée, plus je suis tentée de raconter la suite inoubliable de la nuit d'amour que Ken et Hortense ont partagée une seule fois dans une étreinte fiévreuse et dans un pur émerveillement. Mais dans quelle langue vais-je écrire ? En français plutôt qu'en japonais ? Je suis indécise.

J'arriverai bientôt à « l'heure du sommeil », selon le titre d'un des Quatre derniers lieder *de Richard Strauss. Mais je ne voudrais pas encore mourir tant que je n'aurai pas réussi à faire revenir ces* sous-vivants *forcés, ces martyrs de la guerre que sont Ken, Hortense et mon père parmi les* survivantes *que nous sommes, Pamina, Rin et moi-même. Sera-ce mon dernier livre achevé ? Je l'ignore. Ce qui est sûr, c'est que je ne suis pas encore prête à quitter ce monde, même s'il est toujours plus désolant de le voir en proie à des tueries massives à cause de la poursuite effrénée, par les uns et par les autres, des ressources matérielles rares. Déjà, au* XVIIIe *siècle, Rousseau ne faisait-il pas cette remarque si visionnaire : « ce sont le fer et le blé qui ont civilisé les hommes et perdu le genre humain » ? Non, non, je ne souhaite pas encore disparaître de ce monde, alors que, lasse d'assister au théâtre des délires guerriers, toujours vivaces, jamais calmés, aussi bien qu'à l'indéracinable culte des héritiers des rois et des empereurs d'antan, je ne suis plus tellement tentée de vouloir l'habiter, ce monde aveuglé qui n'arrête pas d'engendrer hécatombes sur hécatombes.*

Bref, j'ai encore du pain sur la planche.

REMERCIEMENTS

À Shuichi Kato (1919-2008)

Dans un film documentaire intitulé *Mais il n'y a pas que cela : Shuichi Kato converse avec des fantômes* (réalisé par Kamakura Hideya en 2009), cette figure majeure de la pensée critique japonaise de l'après-guerre évoque le souvenir d'avoir vu et lu les mots latins « *In terra pax hominibus bonae voluntatis* » gravés sur la planche d'un banc trouvé dans un terrain vague isolé de Shinano-Oïwake. C'était au moment où le fanatisme militaire et impérial battait son plein. Kato a consacré toute sa vie à questionner ce qui a rendu possible, à l'époque de la Guerre de quinze ans, l'arrêt complet de la raison critique et la *torture permanente infligée à l'esprit* par le régime dictatorial. Ce questionnement est toujours d'actualité. La *maladie* n'est pas encore éradiquée, loin de là.

À David Léonard Wiedmer, le merveilleux luthier lyonnais, qui m'a parlé de Matteo Goffriller et de ce qu'il aurait fait, s'il avait été lui-même confronté, dans un contexte semblable à celui qui tourmente Hortense Schmidt dans ma fiction romanesque, à la nécessité de cacher une lettre dans un violoncelle de Matteo Goffriller.

À Jean-Marie Laclavetine qui a éveillé en moi l'attention à l'omniprésence de l'absence.

Prologue (1945) 15

Prélude (1934-1945) 31

Allemande (1945) 67

Courante (2016) 89

Sarabande (2016) 117

Menuet I et II (1945-1946) 151

Gigue (2017) 183

Épilogue (2020) 229

Remerciements 241

Composition : Soft Office
Achevé d'imprimer
par Normandie Roto Impression s.a.s
à Lonrai (61) en septembre 2023
Dépôt légal : septembre 2023
Premier dépôt légal : juin 2023
Numéro d'imprimeur : 2304029

ISBN 978-2-07-303211-9 / imprimé en France

624344